W0204304

# ROMANCE

## DU MÊME AUTEUR

Le Bureau des solitudes, *roman*, Grasset, 2002.

Le Voleur de mère, *roman*, Grasset, 2004.

Le Père éternel, *roman*, Grasset, 2006.

Le Banc des soupirs, *roman*, Grasset, 2011.

Le Bruit des clefs, *récit*, NiL, 2012.

Le Sommeil le plus doux, *roman*, Grasset, 2016.

Sous tes baisers, *roman*, Grasset, 2017.

Le Monde de Lucrèce (avec Catel), *roman*, Gallimard Jeunesse, vol. 1-7, 2018-2022.

ANNE GOSCINNY

# ROMANCE

*roman*

BERNARD GRASSET
PARIS

« Le Géranium », Anne Sylvestre,
*Berceuse pour moi*, 1965 © Philips.
« Quand un soldat », Francis Lemarque,
*Quand un soldat s'en va*, 1952 © Éditions Métropolitaines.

Photo de la bande : JP Baltel.

ISBN 978-2-246-83181-5

Tous droits de traduction, de reproduction et d'adaptation
réservés pour tous pays.

© *Éditions Grasset & Fasquelle, 2022.*

*À Anne Sylvestre.*

*Et à Patrice,*
*qui me pardonnera cette familiarité.*

*J'en ai rêvé*
*Puis j'ai trouvé*
*La maison sans encombre*
*Et l'escalier*
*Tout enroulé*
*Sur une fraîcheur sombre*
*Il y glissait une clarté*
*Comme aux plus beaux matins d'été*

Anne Sylvestre, *Le Géranium*

La porte d'entrée claque. Bientôt, une affaire de secondes et ce sera celle de sa chambre. Je sursaute à chaque fois, comme si le bruit me réveillait.

— Maman !

Simon entre dans mon bureau, sans frapper, en ouvrant la porte avec la même vigueur que lorsqu'il la ferme.

— Oui, mon amour ?

— Aide-moi !

Trouver le complément d'objet, dénicher les prépositions, réduire des fractions, c'est simple, rapide. Je fais ses devoirs pendant qu'il joue, pendant qu'il lit, pendant qu'il rêve.

Avec la nuit, le calme revient. Simon dort.

Le sommeil de Simon m'obsède. Je fais autour de lui un antre de silence. J'exige des pas feutrés, de la sourdine à la cuisine. Si une casserole vient heurter l'évier, je mets les mains sur mes oreilles comme pour protéger les siennes.

Je regarde la télé en privilégiant les programmes sous-titrés. Mettre un casque pourrait m'empêcher d'entendre Simon m'appeler. Pour rien au monde je ne raterais « maman j'ai soif, maman j'ai peur, maman viens tout de suite ».

Un jour de fête, 31 décembre ou 14 juillet, je ne sais plus, un feu d'artifice a éclaté, joyeux et fracassant, tout près de chez nous. Le spectacle était grandiose. À chaque couleur, à chaque éclair coloré, sa déflagration et son vacarme. Je ne regardais pas le ciel, j'attendais que le bruit réveille Simon. J'étais à la porte de sa chambre, le doigt sur la couture du pyjama, prête à bondir au moindre grognement. J'ai raté le bouquet final qui, au son des applaudissements nourris de mes voisins, a dû être sublime. J'ai finalement passé une tête dans la chambre de mon fils pour constater qu'il dormait du sommeil du juste, du bienheureux.

Le lendemain, en prenant son petit déjeuner, Simon m'a dit :

— Tu as l'air fatiguée, maman. Il s'est passé quelque chose ?

À partir de ce jour-là, j'ai tenté de conjurer mon obsession de protéger Simon du bruit que fait la vie.

Parfois, j'y suis arrivée.

Simon était à peine conçu qu'il était déjà le centre de mon existence. Très vite, j'ai su. Une intuition confirmée par un test de grossesse, puis un autre et un troisième.

Dans ce trait infime, je devinais le petit garçon qui était apparu à ma mère, sur son lit de mort. Alors qu'elle s'éteignait doucement, comme meurt une reine, elle avait levé la tête pour prononcer ces mots qui n'avaient pas de sens ou en avaient trop.

— Viens, petit garçon, viens. Comme tu es beau. Tu as de grands yeux et de longs cils. Viens, petit garçon.

J'ai vu ma mère tendre la main à celui qui naîtrait six ans plus tard.

Épuisée, elle s'est endormie, aux lèvres le sourire de ceux qui savent. De ce sommeil-là, elle ne s'est plus réveillée.

Alors quand j'ai vu les deux barres bleues, je n'ai plus pensé qu'à lui, mon Messie annoncé.

J'ai rencontré Pierre et je suis tombée passionnément amoureuse de lui. Le père de Simon s'appelle Pierre. Ou plutôt, il s'est appelé Pierre. Il n'est plus dans ma terminologie amère et malheureuse que « le père de Simon » .

Nous nous sommes mariés très vite, et vite aussi Simon est arrivé. Nous rêvions pourtant d'un peu de temps pour jouir de cette vie à deux, décorer notre appartement, imaginer déjà un déménagement car nous voulions au moins trois enfants.

Je n'aurai exercé mon métier de commissaire-priseur qu'à peine deux ans. Je ne voulais pas m'éloigner de mon fils. Je suis alors devenue traductrice.

Le père de Simon avait cessé non pas de m'aimer, m'avait-il dit après la naissance de notre fils, sans me regarder dans les yeux, mais d'aimer notre vie. Il me l'avait expliqué, écrit, chanté, versifié. J'avais, c'est vrai, réussi à persuader mon mari que trois, c'était deux contre un. Le déséquilibre des forces en présence nous serait forcément nuisible. Il a lutté, un peu, et m'a proposé de rendre paire notre famille en donnant un petit frère ou une petite sœur à Simon, mais j'ai trouvé le stratagème artificiel. En réalité, je n'admettais pas que Simon eût une autre compagne de jeux à demeure.

— Divorçons pour ne pas nous séparer, a-t-il suggéré un matin alors que le grille-pain venait une fois de plus de faire sauter les plombs. Un appartement sur notre palier vient de se libérer. Je pourrais le louer, qu'en dis-tu ? Nous vivrons désormais l'un en face de l'autre, Simon n'aura que quelques mètres à parcourir pour nous voir l'un ou l'autre.

Les premiers mois ont été très difficiles. Il m'arrivait de croiser en sortant de l'ascenseur une jolie femme, puis une autre, et une autre encore. Au début, je feignais une indifférence teintée de mépris. Elles n'avaient même pas l'air plus jeunes que moi. Mais elles étaient vivantes. Lorsqu'on se rencontrait par hasard, Pierre et moi, au rez-de-chaussée ou devant nos appartements respectifs, on se saluait, courtois, distants.

— Salut !

— Salut !

Quand il était petit, Simon commençait ses repas chez moi et les terminait chez son père. Un ordre religieux auquel il n'a jamais dérogé. Il faut dire que je suis nulle en desserts.

Simon a grandi entre deux appartements auxquels on accédait en appuyant sur le même bouton du même ascenseur.

Cette situation, bancale et malsaine selon mes beaux-parents (on t'avait pourtant prévenu que cette femme te ferait une vie impossible !), n'a pas empêché Pierre d'être un père formidable. Il passait des heures avec Simon à construire des tours, des villes, des planètes et des galaxies en Lego.

Le pont de Londres côtoyait le Taj Mahal chez Pierre, la fusée Apollo et la tour Eiffel se partageaient une étagère chez moi et le robot R2D2 grandeur nature, toléré par une copropriété bienveillante, trônait sur notre palier commun.

Pierre ne s'intéressait pas à la scolarité de Simon, il me faisait confiance, disait-il.

Il n'a assisté à aucune réunion de parents d'élèves alors que moi, assise au premier rang, je prenais des notes scrupuleusement. Je jubilais quand on me passait la feuille sur laquelle, avant de signer, j'indiquais le prénom de mon fils, notre adresse et mon numéro de téléphone.

J'écoutais la maîtresse ou le maître, plus tard je boirais les paroles du professeur principal, comme si la concentration de Simon pendant l'année scolaire à venir dépendait exclusivement de mon implication lors de ces rendez-vous.

Je quittais la salle de classe, plus élève que mère, en m'assurant que mon précieux carnet était bien dans mon sac en bandoulière.

Dans ce carnet, le programme de l'année, les éventuels sorties et voyages scolaires, les cahiers de toutes les tailles à acheter, avec marges et carreaux, sans spirales, avec lignes.

Le temps d'une réunion, j'étais la meilleure élève de ma classe. Assise à un pupitre dont le bois avait tâté de la pointe de générations de compas, je faisais enfin un pas vers toi.

— Tu crois que c'est si simple ?

— Je n'ai pas dit ça.

— Tu ne serais pas assez naïve pour penser qu'on efface des dizaines d'années de silence en assistant à une ou deux réunions de parents d'élèves ?

— Non, bien sûr que non, mais admets que le premier pas est le plus difficile et que je viens de le faire.

— Tu n'as plus le choix. Ce n'est pas une question de volonté mais de survie.

— Tout de suite les grands mots !

Nous étions une famille merveilleuse mais séparée, merveilleusement séparée.

Chacun s'épanouissait dans le rôle qui lui convenait le mieux. Je réapprenais avec bonheur la différence entre triangle rectangle et triangle isocèle, j'étais devenue la championne des divisions, et le futur antérieur cessait d'être un oxymore pour redevenir un temps composé de notre conjugaison.

Tout m'a émerveillée chez Simon. Ses premiers pas, ses premiers mots, les premiers jeux de construction, de société, les monstres imaginaires à décapiter à coups d'épée en plastique dès qu'il rentrait du jardin d'enfants, les premières amitiés, les premières déceptions. Les billes bleues dans une trousse, les rouges dans une autre, les vertes dans ma trousse à maquillage qu'il avait vidée de son contenu.

Nous avions instauré un rituel : je racontais au lapin en peluche préféré de Simon sa journée, inventant des événements extraordinaires. L'animal, dénommé *Civet* par mon mari, prénom immédiatement adopté par Simon, était le héros d'un monde ordinaire et merveilleux à la fois.

Les aventures de Civet commençaient toujours de la même façon : le matin, Civet prenait sa voiture pour aller travailler. Ensuite, un événement imprévu et fantaisiste venait perturber sa journée et finalement le malheureux Civet n'arrivait jamais à son bureau.

Simon riait de bon cœur des mésaventures de son pauvre lapin.

Parfois, au détour d'un mascara ou d'un brillant à lèvres dans une trousse à maquillage, une bille verte vient me parler de ma chance d'être la mère de ce Simon-là.

— Tu comprends, maman, c'est important de classer.

— Oui, mon amour, je comprends.

Il y a eu les premiers bulletins de notes.

— On ne peut pas être bon partout, maman.

— Bien sûr que non, mon amour. Il n'y a que les enfants sans personnalité qui sont bons partout.

Simon aimait lire, écrire et parler de ce qu'il avait lu. Il aimait la géographie, moins l'histoire. Les mathématiques le laissaient indifférent, une sorte de mépris.

Et la vie allait. De rentrées des classes en fêtes de fin d'année, d'anniversaires en réveillons, la petite main de mon fils dans la mienne, nous avancions.

— Entourer des adverbes en bleu ou colorier des pronoms en jaune m'a servi de prétexte pour ne pas me souvenir de cette histoire, dont je n'admettais pas qu'elle me hantait.

Une histoire qui pourtant, comme les traces de pattes d'oiseaux ou de feuilles que l'on trouve sur les tomettes anciennes, est inscrite en moi, indélébile, essentielle autant qu'empoisonnée.

— Je t'attends.

Mon petit garçon a grandi ; de l'école primaire, nous sommes passés au collège. Il a mis un sens interdit sur la porte de sa chambre. Il n'était plus question que je rentre par surprise, comme je l'avais toujours fait, pour l'embrasser en le chatouillant. On écourtait chaque soir davantage les conversations que nous avions à trois, son lapin en turbulette, lui et moi. Agacé, il me demandait de plus en plus souvent d'abréger les mésaventures de mon héros malchanceux.

Un jour, j'ai retrouvé Civet sur une étagère, entre deux bandes dessinées lues et relues. Simon me signifiait ainsi que son lapin adoré n'était plus qu'une peluche à laquelle il manquait une patte et la moitié d'une oreille.

J'ai eu besoin de temps pour accepter l'exil de Civet. Sans le vouloir et en le sachant, j'aurais aimé prolonger l'enfance de mon fils.

Son enfance qui me protégeait de la mienne.

Le bannissement de Civet a été contemporain de l'éloignement de Pierre.

Car si nous ne vivions plus ensemble, nous avions réussi à maintenir l'apparence d'une de ces amitiés qui vous collent à la peau.

Pas de scène, pas de mots qui blessent, pas de reproche, jamais. Je m'accommodais de ma vie de mon côté du palier.

Nous étions devenus deux amis qui avions un enfant. S'il y avait des nuages, l'orage n'éclatait jamais. Nous cohabitions sans vivre ensemble.

Mes fantômes se tenaient tranquilles, impressionnés sans doute par l'amour fou que je portais à Simon.

Mais plus mon fils grandissait, plus la passion qui m'avait volé mon adolescence et la fin de mon enfance se rappelait à moi. Son ombre, petite d'abord comme un moineau battant le pavé parisien, se faisait gigantesque et envahissait la rue, le quartier, la ville tout entière.

J'ai vécu l'enfance de Simon en effaçant la fin de la mienne. Pour lui, je suis retournée à la maternelle, à l'école primaire et au collège. Grâce à lui, j'ai même été fière d'être admise dans un très bon lycée. Si j'ai souvent eu l'impression d'être une intruse dans les réunions de parents d'élèves, c'est sans doute parce que j'étais l'élève qui remplaçait ses propres parents.

Simon me comblait.

J'ai acheté un piano droit, persuadée que mon fils serait un interprète de Bach dont la postérité se souviendrait. Le professeur particulier est venu une dizaine de fois.

— Je crois que vous perdez votre argent et moi mon temps, m'a-t-il dit un jour en soupirant.

Simon m'a expliqué très sérieusement qu'étant donné l'investissement, il me suggérait de profiter moi-même des leçons de monsieur Sosnitov, ressortissant de Sibérie et adepte des chewing-gums à la sève de bouleau qui lui rappelaient son enfance.

Depuis je massacre Bach et Chopin. Monsieur Sostinov est reparti en Sibérie, j'espère que je n'y suis pour rien.

Les devoirs, c'était pour moi ; le judo, le tennis, puis plus récemment la boxe, pour Pierre. Pour célébrer les anniversaires de Simon, nous dressions une table de fête entre nos deux appartements.

Nous ne lésinions pas sur les décorations, ballons, serpentins et bougies magiques.

Une drôle d'enfance, c'est vrai. Mais une enfance sans conflit. Une enfance à deux chambres, deux clefs et un seul ascenseur.

Je m'étais accommodée de cette vie qui se déroulait sans autre bonheur qu'assister à celui de Simon.

Si je claironnais que Pierre et sa désertion étaient la cause de mon anesthésie aux joies du plaisir, je ne pouvais ignorer une voix qui se rappelait à moi de plus en plus souvent.

Tour à tour, voix de petite fille ou voix grave d'homme mûr.

Un dialogue s'invitait parfois. Je ne pouvais ni le chasser, ni m'y associer.

La naissance de Simon avait miraculeusement fait disparaître la blessure. Celle qui aujourd'hui revient, forte de son repos forcé.

Au fil des années, j'ai fait des tentatives de cures diverses et variées, certaines revendiquaient une légitimité scientifique, d'autres affichaient des résultats rapides, magiques, miraculeux.

J'ai d'abord vu un psychanalyste dont on m'avait vanté les mérites. Il m'a écoutée et m'a proposé une remise en question profonde.

— Profonde, c'est combien de temps ?

— Le temps qu'il faut. La route sera longue. Vous ne ferez pas l'économie des conséquences des gravats accumulés dans ce sac à dos qui vous empêche d'avancer.

J'étais tombée sur un mordu de randonnée et je ne me voyais pas filer la métaphore sur son divan pendant quinze ans.

J'ai considéré que ce temps, je ne l'avais plus. J'ai jeté l'éponge avant même de l'avoir mouillée.

Je n'ai pas annulé le rendez-vous d'après. Je n'ai pas osé. Parfois je l'imagine, fossilisé sur ses kilims, se ravitaillant en piochant des chips dans des sacs en plastique recyclables du Vieux Campeur.

Après ce que j'ai considéré comme un échec dont j'étais exclusivement responsable, je me suis résolue à aller consulter un psychiatre auquel j'ai demandé de me donner des médicaments.

— Des médicaments pour quelle pathologie, madame ? De quoi souffrez-vous ?

— De tristesse, docteur, de tristesse.

Le médecin s'est enfoncé dans son fauteuil confortable, a gobé un petit comprimé qu'il a avalé sans eau, a rempli d'un liquide qui sentait la noisette le réservoir d'une cigarette électronique.

— La tristesse n'est pas une pathologie, c'est un art. Il vous appartient de le cultiver.

Je suis repartie sans ordonnance mais un peu moins triste, j'avais pu vérifier en l'observant que cet homme était certainement plus mal en point que moi. L'asthénie d'autrui est un spectacle revigorant au dépressif réceptif.

Une autre thérapeute m'a proposé, elle, de m'ôter le traumatisme de ma séparation d'avec le père de Simon en me faisant suivre un crayon avec les yeux. À droite, à gauche, à droite, à gauche.

Exercice désagréable qui m'a rappelé les séances d'orthoptie que je subissais enfant parce que je louchais. Je passais des heures à essayer de faire entrer un oiseau dans une cage.

— Pensez au moment où votre mari vous a dit qu'il ne voulait plus de vous. Concentrez-vous et suivez mon crayon.

J'ai suivi le crayon avec une envie folle de le lui planter entre les yeux.

— Et maintenant ? Comment vous sentez-vous ? Repensez à la scène de rupture. Vous la voyez toujours ?

Évidemment, je la voyais toujours, mais en trois dimensions. Le mouvement de mes yeux l'avait extraite du flou dans lequel le temps l'avait finalement plongée.

— J'ai bien peur qu'une deuxième séance ne soit nécessaire, m'a dit gentiment la thérapeute très chic, dont le brushing ne bougeait pas du tout lorsqu'elle agitait son crayon.

— Je peux vous emprunter votre stylo pour rédiger mon chèque ?

Et puis je suis passée à la relaxation. Une discipline qui oscillait entre le yoga passif et la sophrologie. Un prospectus sur le pare-brise de ma voiture m'avait donné de l'espoir.

« Traumatisme, choc, épreuve ? Nous avons la solution. »

À l'occasion de la première séance, j'ai opté pour un cours particulier. Je me suis retrouvée dans un joli appartement aux murs blancs. Seule une frise qui représentait des orchidées enchevêtrées les unes aux autres courait autour du plafond. Le parquet, de jolies lattes larges et claires, invitait à s'asseoir par terre. Quatre grosses bougies mettaient la pièce en valeur.

— Enlevez vos chaussures, prenez ce tapis, m'a indiqué la dame aussi pâle que ses murs, et allongez-vous.

— Vous ne voulez pas savoir pourquoi je suis là ?

— Certainement pas. Vos orteils vont parler pour vous. Allez mes libellules, libérez vos jolies ailes. Envolez-vous. Laissez ici-bas tout ce qui vous encombre.

Le temps que je comprenne que la yogi-sophrologue s'adressait à mes pieds, la séance était terminée.

Pas plus que mon chagrin, mes orteils ne s'étaient envolés. J'ai repris ma voiture, mes libellules sanglées dans mes baskets et moi avons retrouvé notre palier et son air de Berlin en 1961.

Un article glané sur Internet m'a aidée à apprendre à respirer, solution miracle pour retrouver une sérénité perdue. Les consignes étaient délivrées par une jolie blonde dont la silhouette, les cheveux et la voix frôlaient la perfection. J'ai donc reproduit à la lettre les gestes d'Ilona, respiré par le ventre, par la bouche, par les yeux et les épaules. Par les omoplates, les vertèbres et les oreilles. Au début, j'ai eu du mal à me concentrer seule dans mon appartement parce que dès que j'entendais l'ascenseur, je fonçais sur la porte d'entrée, collais mon œil contre le judas et observais l'autre côté du mur imaginaire et pourtant si réel. Ne voulant pas interrompre mes exercices de relaxation, simplement parce que j'entendais la porte de l'ascenseur, je respirais par mon unique œil ouvert.

Simon ne savait rien ou feignait d'ignorer mes tentatives de retrouver le sourire que je n'avais pourtant, face à lui, jamais perdu.

Je n'ai évidemment pas fait l'économie d'une voyante dont une amie fraîchement divorcée et récemment remariée m'avait donné les coordonnées.

Au téléphone, Lola m'avait demandé mon prénom et ma date de naissance. J'avais trouvé les questions honnêtes.

— Jeanne, 19 mai 1968.

— Je peux vous proposer un rendez-vous à mon domicile le 8 septembre. 14 h 30, ça vous irait ?

— Le 8 septembre, c'est dans trois mois !

— Oui, mais je n'ai pas de place d'ici là.

— Si par hasard, quelqu'un annule, téléphonez-moi.

— Promis.

J'ai raccroché en feuilletant mon agenda. Juin, juillet, août. Trois mois pour attendre un soupçon d'espoir, un zeste de fortune, c'était l'éternité. Et puis j'ai rappelé la voyante.

— Excusez-moi, c'est moi qui viens de vous téléphoner. Je m'appelle Jeanne, je suis née le 19 mai 1968.

— Oui ? a-t-elle dit, moins aimable qu'il y a quelques minutes. Et ?

— Vous m'avez dit que peut-être vous me tiendriez informée de l'éventuelle annulation d'un rendez-vous pour avancer celui que nous venons de fixer.

— Oui…

— Et vous n'avez pas mon numéro de téléphone.

— Mais si voyons, il s'est affiché.

— Évidemment, bredouillai-je en m'excusant.

J'ai refait quelques exercices de respiration grâce à une nouvelle application. J'avais supprimé Ilona, qui me sortait par les orifices grâce auxquels elle m'apprenait à respirer.

Une voix masculine bienveillante me guidait désormais et me suggérait de m'installer confortablement sur mon lit, d'allumer une bougie, d'étaler autour de moi quelques pétales de rose, jaune et orange de préférence, et de laisser venir les sensations, de lâcher prise.

De cette proposition, je n'ai retenu que le lit et je m'apprêtais à remplacer le parfum de la bougie, sa flamme bienveillante et vive par un somnifère efficace doublé d'un ou deux verres de blanc quand le téléphone a sonné.

— Allô ?

— Bonjour, Lola à l'appareil. Je viens d'avoir une annulation. Vous avez de la chance, ça n'arrive jamais. Je vous attends demain à 11 heures. Je vous envoie mon adresse par message.

— Oui, très bien, je serai là. Merci ! Merci !

J'étais un peu euphorique mais perplexe tout de même qu'on me parle de chance en ce moment.

— J'entends tes pas dans l'escalier.

— Moi, je discerne ta voix.

— Pourquoi retardes-tu le moment ? Tu sais pourtant qu'il est inéluctable. Tu ne peux plus t'échapper… Tu ne peux plus m'échapper.

— Qui me parle ?

— Moi ! Celle qui sait.

— Je deviens folle.

— Non, tu n'as jamais été aussi lucide. Tu m'entends enfin. Bientôt, tu me retrouveras. Voilà si longtemps que tu te démènes pour m'oublier. Il est temps maintenant.

— Je fermerai ma porte à clef. Et je jetterai les clefs loin.

— Ne lutte pas, c'est inutile. Il est temps que nous nous réconciliions.

— J'ai besoin d'être seule.

— Oui, pour écrire cette histoire, pour accueillir les souvenirs, pour t'émouvoir des reliefs de sentiments, pour vérifier que l'écho de cette passion-là ne s'est pas éteint, tu dois te recueillir.

— Il suffit que je cesse de penser à toi.

— Mais alors, tu seras emmurée toi aussi ? N'oublie pas qu'en me niant, c'est toi que tu massacres.

— Il y a peut-être une solution…

— Laquelle ?

— Écris.

J'avais tellement peur d'arriver en retard à ce rendez-vous avec mon avenir que, ce matin-là, je suis partie très tôt de chez moi. Une intuition fine car je me suis engagée sur le périphérique dans le mauvais sens. Je n'ai finalement eu qu'un quart d'heure de retard.

Lola, qui sur sa boîte aux lettres s'appelait Liliane, m'a ouvert la porte de son pavillon coquet. Deux nains souriants mais vigilants gardaient un moulin aux ailes peintes en rose.

Je n'avais jamais consulté de voyante, mais depuis la veille mon imagination allait bon train. J'imaginais une femme mystérieuse et grande, sombre et clairvoyante, brune aux yeux clairs. Je supposais qu'en un coup d'œil, elle saurait tout. J'étais persuadée que s'ouvraient devant elle, plusieurs fois par jour, les portes du temps comme la porte de l'ascenseur sur notre palier.

Au lieu de cela, Lola-Liliane était petite, toute ronde, et ses cheveux blancs étaient retenus par une pince en forme d'étoile de mer. Son sourire avenant contrastait avec le ton condescendant qu'elle avait adopté la veille, au téléphone.

— Jeanne ?

— Oui…

— Entrez ! Je vous sers un café ? Vous préférez un jus d'orange ? Vous êtes pâlichonne.

— Un café sera parfait. Merci beaucoup.

Nous nous sommes assises l'une en face de l'autre. Sur la table qui nous séparait, était installé un tapis en feutrine verte dont je me suis dit qu'il devait également servir à des parties de belote. Plusieurs jeux de cartes étaient posés, faces contre table. Elle en a pris un premier, un peu décevant. Un jeu de 32 cartes, l'un de ceux que l'on trouve dans les maisons de la presse de province pour jouer au Mistigri les jours de pluie.

— Coupez !

Je m'exécute. Elle regarde les deux cartes, esquisse une moue, étale le jeu entier sur le tapis et me demande de tirer autant de cartes qu'il y a de lettres dans mon prénom. Je me surprends à compter sur mes doigts : J-E-A-N-N-E.

J'ai dû ensuite recouvrir les six cartes en piochant au hasard. Elle ne disait toujours rien.

— Vous traversez une période compliquée, mon petit.

— Oui… et ça va s'arranger ?

— On va voir ça avec le tarot. Mais je ne vous cache pas que ce n'est pas brillant.

De jeu en jeu, aidée par un pendule qu'elle agitait frénétiquement quand je tirais une carte qui semblait signifier quelque chose, elle a fini par me dire :

— Vous avez forcément un ange gardien. Je peux vous dévoiler son identité, vous n'aurez plus qu'à l'invoquer, le prier, et il sera là pour vous. Je dois vous préciser que c'est une prestation qui n'est pas comprise dans le tarif que je vous ai annoncé.

— Bon… Allons-y pour l'ange gardien.

Dans une boîte à chaussures, Lola-Liliane m'a fait tirer un petit carton sur lequel était dessiné un ange mi-naïf, mi-moqueur.

— J'en étais sûre ! Le vôtre s'appelle Ariel. Vous n'avez plus qu'à créer des liens.

Créer des liens avec mon ange gardien ? Comment faut-il que je m'y prenne ?

— Ayez confiance, en lui, en vous. Et en tous ceux que vous pensiez disparus, a ajouté la voyante en plissant les yeux pour se donner, j'imagine, un air mystérieux.

— Et mon avenir ? Je vais retomber amoureuse ? Simon me pardonnera-t-il cette enfance coupée en deux ?

— Votre avenir ? Acceptez-le. Je ne le connais pas plus que vous. Vous seule pouvez intervenir, modifier ce qui semble être inscrit de manière irrévocable, revenir sur vos traces. Ne renoncez jamais, vous offenseriez ceux qui vous protègent d'ailleurs.

— Mais à quoi servent vos jeux de cartes, alors ?

— À coller des images sur l'espoir de mes clients, à leur faire miroiter des jours meilleurs, à les aider à patienter.

Après les avoir lissés, Lola-Liliane a rangé dans une boîte en fer qui avait dû contenir des biscuits les billets que je lui ai tendus, a lavé ma tasse avec énergie, comme si le chagrin risquait de laisser des microbes.

Ariel et moi avons quitté bras dessus bras dessous cette banlieue proprette, ses pavillons léchés aux volets dont les couleurs fantaisie contrastaient avec l'uniformité générale.

J'ai repris ma voiture. Ariel a fait sa vie. Peut-être a-t-il investi la boîte à gants, le coffre, la banquette arrière ou pourquoi pas la place du mort.

Dans le miroir de l'ascenseur, je me suis regardée. Il y avait si longtemps que je m'appliquais à tourner le dos à mon reflet. Ariel me donnait-il ce courage que seule, je n'avais plus ?

J'ai été saisie par ce que j'ai vu. Si je n'avais jamais été jolie, j'avais toujours eu un drôle de charme qui pouvait faire illusion. De ce charme, il ne restait rien. J'étais à la fois sèche et ronde, mes cheveux poussaient n'importe comment et sans conviction. Un coiffeur m'avait dit un jour : « Ne les coupez surtout pas, des cheveux même ingrats, ce sont toujours des cheveux. » Forte de ce conseil, sur ma tête, quelques mèches se battaient pour survivre, valorisant celles qui agonisaient.

La cabine est arrivée au 5e étage.

— C'est là qu'on habite, Ariel.

— À qui tu parles ? m'a demandé le père de Simon qui attendait l'ascenseur.

— À mon ange gardien.

Et je suis vite entrée chez moi, sans prêter attention au commentaire de Pierre.

J'avais accepté cette situation pendant des années. Je ne m'étais pas rebellée, considérant sans doute que je méritais mon sort, être de l'autre côté d'un mur que j'avais moi-même érigé en acceptant cette demi-existence, un œil fermé en permanence pour permettre à l'autre d'envahir l'intégralité du judas, du palier et de la vie de Pierre.

Revenue de deux tentatives de psychothérapie, d'une séance de yoga, de plusieurs initiations avortées pour apprendre à respirer par le ventre, le périnée, les chevilles ou les phalanges, et de ce voyage chez Lola-Liliane, j'ai admis que j'étais fatiguée.

Une fatigue que j'aurais facilement prise pour du désespoir si je ne connaissais pas si bien le goût du second.

Les rédactions s'étaient faites dissertations. Les équations avaient plus d'inconnues qu'un numéro de téléphone.

L'enfance de mon fils se terminait. La mienne, en embuscade, attendait peut-être que je me souvienne.

*

Simon revenait d'un week-end chez son ami Eliott. Un week-end qui avait tenu ses promesses de gueule de bois au retour. Nous en avions discuté sur le palier, quelques jours auparavant, et comme presque toujours, son père et moi étions tombés d'accord.

— C'est important la première cuite, tu ne trouves pas, Pierre ?

— Oui, surtout que là, à mon avis, ils fêtent le premier ou même le deuxième anniversaire de la première cuite !

— Je n'ai pas peur, il est merveilleux notre Simon. Il ne se mettrait jamais en danger. Et puis là, on est tranquilles, il dort sur place.

Simon franchit depuis toujours l'invisible mur avec l'assurance de celui qui sait que de toute façon, quel que soit son point de chute, à droite ou à gauche en sortant de l'ascenseur, il sera adulé, choyé, nourri, célébré.

Je somnole, culpabilisant de ne pas m'intéresser à ce roman dont on m'avait dit :

— Tu ne le lâcheras pas.

Eh bien, lui aussi je l'ai lâché. Imperméable au suspens, réfractaire aux personnages. Je n'ai pas eu envie d'en savoir davantage.

J'ai toujours eu du mal à me concentrer dans cet appartement. Dès que j'entends l'ascenseur, je fais un bond, colle mon œil contre le judas, et la plupart du temps récolte un sourire du père de Simon qui, de l'autre côté, n'est pas dupe de mon indifférence.

Civet est passé de l'étagère à un tiroir, puis du tiroir à une caisse en plastique remisée à la cave. Simon vient d'entrer en terminale, il a de la barbe et une grosse voix. Bientôt, il pourra voter et passer son permis de conduire.

Je l'observe. Je l'observe se protéger de moi, moins de son père. Se protéger de nos ambitions, de nos rêves, de nos confidences surtout. Il se défend de ce qu'il pressent. Il se dit peut-être que ma tristesse est si ancienne qu'il vaut mieux ne pas la déranger. Sous le tapis, si on ne le secoue pas, la poussière ne fait plus éternuer personne.

Ou bien il ne se dit rien, car il découvre par ordre d'entrée en scène le poker, les filles, la vodka, les boîtes de nuit, les vacances avec les copains, celles où l'on se lève quand le soleil se couche. Et c'est alors la lumière que l'on défie.

Il revient à la maison après un séjour en Grèce, les cheveux trop longs, un sourcil à moitié rasé, c'était un pari tu comprends maman. Il redécouvre le goût de l'eau en mimant la surprise. Et puis, il a bien fallu la fêter cette mention Très Bien au bac. Tu n'y croyais pas, hein, maman ? Avoue que tu n'y croyais pas !

Je n'avoue rien, je le regarde, émerveillée d'avoir engendré cet enfant-là, qui réussit à être heureux même si je comprends qu'il vient peut-être de vivre son premier chagrin d'amour.

— Tu veux qu'on se fasse un resto tous les deux ? je lui propose, naïve.

— Pourquoi pas ? Celui qui offre des rillettes avant l'entrée et des macarons après le dessert ?

Nous voilà partis, bravant la pluie. On parle côte de bœuf et béarnaise.

*

— Maman, m'a demandé Simon, un matin de novembre entre le jus d'orange et les céréales dont il continue à trier les morceaux de chocolat pour en faire une petite montagne à côté de son bol, tu ne t'en remettras jamais ?

— De quoi tu parles, mon amour ?

— De papa, de votre séparation, du fait qu'il ait une nouvelle fiancée ?

— Ah bon ? Il a une nouvelle fiancée ?

Le ton sur lequel j'avais posé ma dernière question m'a évidemment trahie.

— Tu l'aimes encore ?

— Tu sais, Simon, l'amour c'est compliqué. Ça ne se décrète pas, ça ne se supprime pas, ça ne se force pas, ça ne se retranche pas.

— Et ça n'arrange rien d'habiter sur le même palier, a ajouté mon fils, avec le bon sens qui le caractérise. Ça maintient un lien c'est vrai, mais un faux lien. Vous n'avez plus en commun qu'un étage et quelques résidus d'habitudes. Vos cuisines sont mitoyennes, si papa fait cuire un gigot, tu fais rissoler des pommes de terre. Et si tu fais un fondant au chocolat, il va acheter de la crème anglaise. Quand tu fais couler ton bain, je suis sûr qu'il met la serviette sur le radiateur pour qu'elle soit bien chaude. Ce n'est plus possible ! Moi je vais partir un jour, bientôt peut-être. Et toi, tu es encore jeune !

— Tu es gentil, mon poussin, j'ai bientôt cinquante-quatre ans !

— Il y a un site qui propose des rencontres avec des gens de ton âge. La pub est drôlement bien faite.

J'ai expliqué à Simon que je n'avais pas du tout envie de rencontrer quelqu'un. Je ne lui ai pas avoué que ce palier était la pièce la plus importante de mon appartement. Et si l'usage sans modération que je faisais du judas me donnait de Pierre une apparence bancale, large et étroite à la fois, il maintenait, en le déformant, ce lien dont je ne pouvais me passer.

Simon a pris son sac à dos rouge, et s'en est allé, maugréant, à son cours de droit constitutionnel.

— Je rentre tard ce soir, ne m'attends pas ! Je dîne avec Joe.

Joe, c'est Joséphine, sa meilleure amie, une gamine que je connais depuis toujours. Je n'ai pas eu le temps de lui souhaiter bonne journée, pas eu le temps non plus de l'embrasser, il avait claqué la porte sans animosité, simplement parce qu'il se dit qu'il a la vie pour fermer les portes calmement. Il a d'ailleurs fait bouger la petite pastille en aluminium qui masque le judas.

Je travaille chez moi. Je traduis des catalogues de ventes aux enchères. Une toile de Chagall, un plat en argent massif, une paire de chandeliers d'église, un morceau de tissu ancien, un dessin de Picasso, un faux Degas mais qui fait illusion, une œuvre contemporaine indescriptible, figurant des traits blancs, des aplats orange, un ciel de pleine lune sans lune.

Je dois trouver les mots en français qui donneront envie à l'acheteur potentiel de se lancer dans une acquisition, suggérer sans survendre, insinuer en évitant d'être précise pour laisser à celui qui feuillette le magazine le loisir de rêver.

Les catalogues sont en anglais ou en espagnol. Parfois, je vais au-delà des légendes qui me sont imposées et en ajoutant un adjectif ou un adverbe, imperceptiblement je glisse mon avis.

Un matin, l'un de ceux qui suivent des heures d'insomnie, je pense à ce que me dit Simon de plus en souvent. Il a raison, ce palier me retient prisonnière. Il faudrait que je m'en éloigne. J'aurai vécu l'enfance et l'adolescence de mon fils à traquer son père derrière une porte.

— Tapie derrière ta porte blindée, ce n'est pas Pierre que tu guettes. Pas l'un des retours titubants de Simon non plus. Tu épies ton enfance, tu fouines dans ton adolescence à l'affût du moindre signe de la réalité de cet amour fou.

— Tu as raison, je suis épuisée de lutter sans cesse non pas contre le souvenir de cette passion qui avait éclos à l'âge auquel on joue encore à la marelle ou à l'élastique dans la cour de récréation, mais contre la peur du souvenir. Si je n'ai pas le vertige, c'est uniquement parce que je ne veux pas gravir la montagne. De son sommet, je sais que je risque de tomber, et en tombant, de me tuer.

— Et si tu écrivais cette histoire ? En racontant, peut-être t'en débarrasserais-tu ? Et si la liberté était là, juste là, derrière les mots que tu trouverais ?

— Oui, pourquoi pas ? Ça commencerait par… « Je me suis construite au son de cet amour fou. Un amour fou. Un amour qui a perdu la raison, parce que la raison, cet amour-là n'y a jamais eu accès. Un amour né comme ça et qu'on a décidé de ne pas soigner. Un amour avec des tocs, un amour auquel on passe tout parce qu'il n'est pas comme les autres. Un amour qui ne jouerait que la main droite d'un prélude et jurerait qu'il entend le morceau tel que l'a voulu le compositeur. Un amour qu'on n'a même pas emmené à l'école, parce que de toute façon, l'alphabet, il le connaissait bien avant la lettre *A* et le réciterait bien après la lettre *Z*. Un amour comme un coup de baguette un jour sur une cymbale qui n'a jamais cessé de résonner. »

Je glisse sous la porte de l'appartement de Pierre un mot :

« Il faut qu'on parle. »

J'ai choisi ce moyen de communication pour officialiser ce que j'ai l'intention de lui dire. Un simple texto aurait banalisé l'annonce.

Le soir même, Pierre sonnait chez moi. Il est entré, s'est affalé sur le canapé, un mouchoir à la main, déjà.

— Tu as une maladie grave ? C'est ça ? J'en étais sûr. Tu as une mine épouvantable. Je suis là tu sais. Je ne te laisserai jamais tomber. Tu n'aurais pas un verre ? Quelque chose de fort. Et des pistaches ou des noix de cajou. Je suis fragile, il ne faut pas m'annoncer les choses comme ça. J'ai l'âge des infarctus ! Je pourrais claquer, là, ici. Ou faire un AVC, comme ça, sans signe avant-coureur.

— Tu peux entrer, tu peux t'asseoir. J'ai du vin blanc si tu veux. Et non, je ne suis pas malade. Tout va très bien.

Pierre m'a regardée comme on observe une miraculée qui serait partie à Lourdes tétraplégique et serait rentrée en courant.

— Tu n'es pas malade ?

— Tu as l'air déçu !

Il s'est redressé, a regardé autour de lui, comme s'il découvrait l'appartement que nous avions choisi tous les deux.

— Je vais déménager, Pierre.

En la formulant, j'ai réalisé que pour la première fois depuis bien longtemps je prenais une décision en ne pensant qu'à moi.

— Et Simon ? Tu y as pensé à Simon ? Et moi ? Qu'est-ce que je vais devenir si tu t'en vas ?

— Simon va avoir vingt et un ans, il est assez grand pour ne plus se souvenir de son prénom quand il sort de boîte de nuit au petit matin, à mon avis il saura aller de chez toi à chez moi, même si je quitte l'immeuble.

Quant à toi, tu auras de nouveaux voisins de palier. Tu ne te sentiras plus obligé de sourire à une porte close parce que plus personne ne t'espionnera.

J'ai ouvert une bouteille de vin blanc, trouvé un bocal d'olives noires et nous avons trinqué comme deux compagnons de route.

— À la vie !

— Ah... La vie..., a répondu Pierre d'une voix sinistre.

*

— Il y aura toujours une chambre pour toi chez moi.

— Je sais, maman. Ne t'inquiète pas. J'ai une chambre chez papa et je n'ai plus cinq ans, m'a répondu un Simon qui balançait entre désinvolture et soulagement.

J'ai écumé les petites annonces, les sites immobiliers sur Internet, les agences de mon quartier. J'allais envoyer la lettre recommandée résiliant mon bail au propriétaire de l'appartement.

Mon fils était très heureux de ce changement à venir.

Les catalogues de ventes aux enchères s'accumulaient sur mon bureau. Mes interlocuteurs s'impatientaient. Mais moi, je ne pensais plus qu'à ça : déménager.

Les agences ou les propriétaires eux-mêmes me donnaient rendez-vous. Au début, j'ai circonscrit mes recherches à mon quartier et puis j'ai élargi.

Rien ne correspondait à ce que je voulais. Les appartements qui auraient pu me convenir étaient trop loin de chez Pierre, ou trop près. Ils étaient trop petits ou beaucoup trop grands.

Ils donnaient sur une cour sinistre, ou bien l'immeuble était sordide.

J'ai visité des chambres de service aménagées en petits appartements, situées au 7$^{e}$ étage d'immeubles chics mais sans ascenseur, je me suis retrouvée dans des appartements exigus, en cour anglaise, qui donnaient sur les pieds des passants.

Je ne me voyais ni essoufflée dans un nid d'aigle, ni déprimée dans un trou de souris. J'étais montée et descendue, en affrontant le regard suspicieux des propriétaires.

— C'est pour vous ? me demandait-on.

— Oui, pour moi.

— Vous vivez seule ?

— Avec mon fils, quand il n'est pas chez son père.

— Vous avez des revenus ?

À cette dernière question, je n'ai jamais eu à répondre, ne voulant donner suite à rien de ce que l'on me proposait.

Mais la plupart du temps, ces appartements étaient trop chers puisque j'avais décidé d'arrêter mes traductions pour me reconvertir. J'envisageais de proposer mes services à des éditeurs, non pour lire des manuscrits, mais pour écrire à la place de personnalités à la gloire plus ou moins éphémère. Je me voyais rédigeant les Mémoires de footballeurs, starlettes, cuisiniers starisés : mon premier but décisif, ma solitude sous-alimentée sur une île déserte, ma première tarte tatin ovationnée par ma grand-mère.

— En somme, tu rêves d'écrire pour les autres pour remiser un peu plus loin ce que tu t'éreintes à oublier.

— Oui, mais j'apprivoiserai les confidences et je glisserai ici ou là un indice qui mènera le lecteur vers la résolution de mon énigme intime.

— Tu me fais rire !

— C'est déjà ça.

Déçue par ces visites stériles, j'ai été obligée de réaliser que cette décision était artificielle. Ma vie était ici, à quelques mètres de celle du père de Simon.

J'allais continuer à rédiger et traduire des catalogues de ventes aux enchères. Décrire des objets photographiés, qui avaient eu un passé et attendaient un avenir. Une émeraude abîmée, un secrétaire en marqueterie, parfois le contenu prestigieux d'une cave à vins de garde que des héritiers sobres décident de liquider.

Voir défiler la vie des autres, la commenter, la valoriser était ce que je savais faire de mieux. Simon ne me parlait plus du déménagement, et Pierre, quand il sortait de l'ascenseur, faisait un clin d'œil en direction du judas, une façon de me dire :

— J'étais certain que tu n'arriverais pas à quitter notre navire.

Moi, de l'autre côté de la porte, je répondais à son persiflage par une grimace.

Un soir, alors que je rentrais exténuée d'une énième visite d'appartement, je décidai de cesser mes recherches.

Je me l'avouais non sans mal, je renonçais.

J'ai même imaginé qu'un mauvais génie me retenait prisonnière. Je ne pouvais plus bouger. Je me croyais libre et je me découvrais captive.

Je me suis crue envoûtée. C'est d'un exorciste dont j'avais besoin, pas d'un agent immobilier. Immédiatement, je me suis vue allongée de tout mon long sur le sol glacé de la nef d'une église, comme ces religieuses qui prononcent leurs voeux. Défiant l'autorité d'un prêtre, j'entendais se révolter une voix qui n'était pas la mienne.

J'ai repris mes catalogues avec l'entrain du bagnard allant casser des cailloux. Je regardais à peine les œuvres dont je traduisais les descriptions.

Je ne devais peut-être pas m'éloigner de Pierre, pas non plus troubler l'équilibre d'un Simon qui pourtant ne rentrait plus tous les soirs dormir chez nous. Une fois encore, je me résignais à continuer à mener une vie à demi, un œil fermé pendant que l'autre était rivé sur un homme qui avait cessé de m'aimer.

J'avais même sans doute réussi à décourager Ariel, l'ange gardien dont Lola-Liliane m'avait promis la protection. Il avait dû s'en aller veiller sur quelqu'un d'autre, quelqu'un de plus réceptif à la promesse d'un bonheur possible. Je le comprenais.

En dînant sur ma table basse d'un plat cuisiné décongelé et d'un verre de vin, j'ai entendu mon ordinateur émettre le signal de l'arrivée d'un mail.

Rien d'important, me suis-je dit. Je regarderai demain.

Ayant abandonné l'idée de déménager, je m'étais mis en tête de changer la décoration de mon appartement. J'allais repeindre le salon en bleu très sombre, une couleur qui valoriserait ma collection de miroirs aux motifs de soleil. Je tapisserai ma chambre d'un papier peint ivoire, ce sera joli. Simon décidera de la couleur de la sienne. Et puis je casserai le mur qui sépare la cuisine du salon. J'avais visité la semaine dernière un appartement dont le seul attrait était cette cuisine dite américaine. Écumant un pot-au-feu, je ne perdrai plus un mot des conversations des amis qui se trouveront dans le salon, désormais ouvert.

Ainsi je rêvassais en terminant la bouteille de vin blanc que j'avais ouverte pour Pierre. J'étais heureuse de cette nouvelle initiative, incontestablement plus réaliste que la précédente, quand le bruit de l'ascenseur m'a ramenée à la réalité, à ma réalité. J'ai fait un bond, renversant au passage la bouteille vide, pour me précipiter à la porte et coller mon œil droit, clignant le gauche dans un réflexe, contre le judas. Pierre ouvrait tranquillement sa porte de l'autre côté du palier, agitant sa main, un salut aveugle, sans même se retourner. Je n'ai vu que le dos long et fin de la femme qui l'accompagnait.

Pour m'endormir ce soir-là, j'ai compté mes miroirs-soleil en imaginant qu'ils refusaient de réfléchir la femme sans vie que j'étais devenue. Il y en avait neuf. Un pour chaque anniversaire. Après le drame, plus de soleil, plus de reflet, plus de fêtes.

Cette nuit-là, j'ai rêvé que j'étais l'héroïne d'un conte au parfum oriental des *Mille et Une Nuits*. Je volais à bord d'un kilim qui ressemblait à s'y méprendre à l'un des tapis du psychanalyste dont il y a des années je n'avais jamais osé annuler le deuxième rendez-vous. Il ne se passait rien d'autre. J'étais légère, presque désincarnée, consciente de n'être plus encombrée de mon corps. La destination du tapis ne m'importait pas. Seuls comptaient mes compagnons de vol, des soleils.

À peine réveillée, une odeur de tabac froid m'a indiqué que Simon était rentré. Le temps des Lego sur lesquels on marche et qui vous blessent les pieds était bel et bien révolu.

J'ai sorti le pain de mie, le beurre allégé, la confiture avec plus de fruits, moins de sucre, c'est toujours ça de pas pris, glissé une capsule de café sans caféine dans la machine, et propulsé deux petits comprimés d'aspartame dans la tasse. Du faux beurre, de la fausse confiture, du faux sucre, du faux café, une fausse vie. J'ai eu envie de tout fracasser. M'a retenue le sommeil de Simon auquel je serai éternellement attentive.

J'ai pris ma douche, en faisant attention, comme chaque matin, de ne pas croiser dans la glace le reflet de mon corps, je ne l'avais pas vu depuis si longtemps, je n'étais pas certaine de le reconnaître. Si un jour rencontre il devait y avoir, il faudrait que nous soyons prévenus, tous les deux, pour n'être pas effrayés, lui par mes rides au coin des yeux, moi par ses plis et ses seins.

Nous étions deux, lui et moi, nous livrant une guerre de silence et d'indifférence feinte. Quand il me regardait me maquiller, je l'observais s'étrangler dans un pantalon qui ne lui allait plus depuis longtemps. On se maltraitait mutuellement, comme ces vieux couples qui savent tout l'un de l'autre, et ne perdent pas une occasion de se rappeler désaveux et trahisons.

J'ai enfilé mon jean préféré, celui dont les coutures ont disparu, mon pull camel très doux et trop large et je me suis assise à mon bureau.

J'ai regardé rapidement les mails engrangés depuis la veille. Quelques offres publicitaires, un message de ma banque, un autre de la tante Olga, la tante de mon père, qui avait découvert les joies d'Internet à l'âge auquel d'ordinaire on se souvient d'un détail insignifiant de son enfance mais pas du dernier livre lu.

Olga avait entrepris des recherches généalogiques en Pologne et m'informait qu'elle avait enfin localisé la tombe de ses grands-parents dans le cimetière juif de Varsovie. Elle avait bien l'intention d'y aller et me proposait de venir avec elle.

Elle joignait à son mail des photos de la sépulture. Un arbre avait poussé sur la tombe qui semblait avoir été façonnée autour du tronc. On ne distinguait pas ce qui relevait de la nature ou de l'œuvre de l'homme. Qui préexistait de la tombe ou de l'arbre ? Les inscriptions étaient illisibles.

Je lui répondrai plus tard.

M'attendaient sur mon bureau plusieurs catalogues de vente de l'intégralité d'un mobilier de château, des petites cuillères aux bergères en passant par les cuivres. Figurait même une collection de pistolets de duel. Une histoire à la casse. Tout l'art du commissaire-priseur chargé de la vente consistait à mettre en scène ce qui avait accompagné la vie de plusieurs générations de cette famille résolue à se séparer de ce qui fait le lien entre les regrets des uns et les victoires des autres.

Une table était dressée, valorisant ainsi l'argenterie, la porcelaine et le cristal. Sur chacun des sièges, à vendre eux aussi, je voyais des fantômes assis, conversant et riant à la barbe de l'éternité qui désormais était leur terre.

J'ai ouvert tous les tiroirs de mon bureau, à la recherche de signets autocollants, maudissant Simon qui me détroussait impunément.

Entre la garantie d'un téléphone portable et une feuille de Sécurité sociale jamais envoyée, j'ai retrouvé une feuille jaunie sur laquelle étaient dessinés deux cercles qui se chevauchaient, faisant apparaître une troisième figure qui, elle, était constellée d'étoiles dessinées au feutre.

J'ai observé longtemps ce drôle de dessin. Il me rappelait quelque chose de doux et d'ancien. Dans ces cercles tracés méticuleusement au compas, je lisais l'espoir et le chagrin.

Le visage du milieu, né de la rencontre des deux disques, me regardait.

Mary Poppins le temps d'une promenade dans le dessin, je sautais à pieds joints d'une figure à l'autre quand le signal de l'arrivée d'un mail m'a tirée de ma rêverie.

D'une adresse que je ne connaissais pas, elira@immobilier.com, cette annonce émanait vraisemblablement d'une agence :

« Appartement meublé à louer dans une grande maison de l'ouest parisien, indépendance garantie. »

Je n'avais pas pensé à cette solution qui m'a d'abord révulsée. Je ne me voyais pas entrer dans une maison dont je ne savais rien, accéder à un appartement artificiellement recréé au sein d'une demeure dont l'unité avait éclaté, et subir les bruits et les odeurs d'une famille qui n'était pas la mienne.

Je n'ai donc pas cliqué sur le lien qui m'aurait permis de voir des photos du bien proposé.

Et j'ai continué à décrire une argenterie qui avait assisté à des siècles de fêtes, de cérémonies et de deuils.

Dans la journée, j'ai reçu à nouveau le mail de cette agence que je ne me souvenais pas avoir sollicitée. J'ai presque été gênée de n'avoir pas regardé les photos, prêtant ainsi des sentiments à ce qui ressemblait à un mailing groupé. Délaissant alors un instant les cuillères à moka orphelines, j'ai ouvert le document.

Une première photo montrait un salon joliment meublé d'un canapé en velours bleu, d'un bureau en bois clair, d'une table ronde et d'un guéridon sur lequel était posé un service à thé. Au mur, un tissu ou un papier peint aux motifs indéterminables mais dont je trouvais la couleur agréable. Sur une autre photo, une chambre dans laquelle le lit occupait presque toute la place. Une lampe de chevet était posée sur l'unique table de nuit. Dans ce lit, on dormait seul. Une dernière photo montrait une jolie salle de bains, agrémentée d'une baignoire à l'ancienne.

J'ai recopié le numéro de téléphone indiqué, et j'ai appelé.

— Bonjour, je vous contacte pour l'appartement à louer.

— Oui. Mon papa vous rappellera.

La voix au téléphone était celle d'une petite fille.

J'ai laissé mon nom et mes coordonnées mais, ce soir-là, personne ne m'a téléphoné, à l'exception de la tante Olga qui voulait absolument prendre mon billet d'avion pour Varsovie.

— On ira manger des cornichons et boire de la vodka, viens !

Les images de l'appartement me trottaient dans la tête. Elles m'incitaient à me projeter dans ce décor désuet mais rassurant. Je m'imaginais assise à ce petit bureau de bois clair.

En quelques heures, l'idée avait fait son chemin.

Le lendemain matin, effectivement, on m'a rappelée.

— Allô ?

— Bonjour, c'est moi qui vous ai répondu hier.

J'ai tout de suite reconnu la voix de la petite fille.

— Vous pouvez venir visiter l'appartement cet après-midi.

Sa voix était celle d'une enfant, mais sa détermination et son autorité avaient un ton d'adulte. Nous sommes convenues d'une heure.

— Ne soyez pas en retard.

Je n'ai pas osé lui demander pourquoi c'était elle qui me téléphonait et non ses parents.

— C'est vrai, tu ne m'as rien demandé !

— Ça ne me ressemble pas, je suis d'une méfiance pathologique.

— Ah bon ? j'ai bien changé, alors. J'espère que tu iras à Varsovie voir le cimetière où sont enterrés nos arrière-grands-parents.

— Oui, bien sûr. Mais les photos de l'arbre et de la tombe me glacent.

— Pourquoi ?

— Parce qu'ils me font penser à nous. Si l'on coupe l'arbre, on détruit la tombe. Ils sont indissociables. Les racines de l'arbre poussent la sépulture vers le ciel. Ils ne peuvent plus se passer l'un de l'autre. Et le marbre se réchauffe, couvert des feuilles de l'arbre.

À l'heure dite, je me suis retrouvée devant une grande maison blanche à la façade éreintée, située dans une petite rue, tout près de chez moi. Une rue si étroite que je ne l'avais jamais remarquée. La maison semblait être abandonnée. L'une des fenêtres était murée. J'ai failli faire demi-tour.

— Entre, n'aie pas peur. Tu ne découvriras que ce que tu crois avoir oublié.

J'obéissais à cette injonction que j'avais moi-même formulée, sans le vouloir.

Pas de nom, pas de code, pas d'interphone mais une sonnette à l'ancienne m'invitait à me signaler.

J'ai sonné d'un coup bref, un peu timidement. J'ai entendu des pas qui dévalaient un escalier. Une petite fille m'a ouvert la porte.

Elle devait avoir dix ans.

— Bonjour !

— Je t'attendais. Tu es à l'heure. Je te fais visiter quand même ?

— Oui, je veux bien.

Elle se comportait comme si elle était certaine que l'endroit allait me plaire. La maison était sombre. La lumière était éteinte mais je distinguais l'escalier.

— Suis-moi.

Nous sommes arrivées au premier étage, puis nous avons emprunté un autre escalier, plus étroit, moins prestigieux que le premier, qui semblait mener aux combles.

J'étais essoufflée et je ne m'en cachais pas. La petite grimpait quatre à quatre, et me rappelait Simon dans la maison de ses grands-parents. L'escalier l'incitait systématiquement à courir.

Sa grand-mère le sermonnait :

— Si tu tombes, tu ne viendras pas te plaindre.

Quelle idiote. Je n'ai jamais pu supporter les parents de Pierre, un couple de veufs, en deuil chacun de l'espérance d'un mariage différent. J'ai éprouvé pour eux une antipathie immédiate qu'ils m'ont rendue jusqu'à leur dernier souffle. Ils sont morts à huit jours d'intervalle, histoire d'aller vite se tourmenter pour l'éternité.

Au deuxième étage, le palier était clair. Elle a ouvert une porte, celle de l'appartement.

— Il n'y a pas de clef? fut ma première question.

La petite fille n'a même pas répondu. Elle est entrée, et très vite, presque dans un souffle, a fait les présentations:

— Ici le salon, tu verras le canapé est très confortable, la télé marche. Tu as les trois chaînes. Là tu as la chambre, je changerai l'ampoule de la lampe de chevet si tu veux lire dans ton lit, ici la salle de bains. Il y a de l'eau chaude un jour sur deux. Quand il n'y en a pas, tu fais sans. Tu repasses par ici, tu te retrouves dans le salon. Cette porte mène à l'autre chambre.

Le salon ressemblait à un atelier d'artiste. Il avait un charme fou. Une méridienne et une bibliothèque, c'est tout. Je regardais les livres en me penchant pour lire leur tranche.

Simenon côtoyait Flaubert, Frédéric Dard et Proust faisaient rayon commun, Romain Gary était rangé entre Albert Cohen et la Comtesse de Ségur. Ces étagères recensaient non seulement tous les auteurs que j'aimais, mais aussi ceux que lisaient mes parents. Depuis combien de temps n'avais-je pas croisé les œuvres complètes d'Alphonse Allais ou de Jerome K. Jerome ?

— Ça te plaît ?

— Oui, oui… C'est très joli mais je n'ai pas vu la cuisine.

— C'est normal, il n'y en a pas, m'a annoncé la petite fille. Tu peux te servir de la nôtre bien sûr. Suis-moi, je te la montre.

Sans refermer la porte, elle est redescendue, toujours en galopant, le petit escalier, puis le plus grand. Dans le vestibule, elle a ouvert une porte qui donnait sur une immense cuisine. Au sol, des dalles noires et blanches, au mur des batteries de casseroles en cuivre, au plafond des poutres. Une grande table en bois barrait l'espace. On devait tenir au moins à douze autour de cette table-là. Il n'y avait pourtant que deux sièges, un fauteuil large aux accoudoirs en velours et une chaise légère et mobile.

— C'est grand, dis-moi. Vous vivez à deux ?

— Oui, mon père et moi. Tu vois, on a la place d'ajouter une chaise !

Je n'osais pas poser la question qui me brûlait les lèvres. Où était sa mère ?

J'étais fascinée par ce fauteuil majestueux. Sans le connaître, le père de la petite fille m'impressionnait déjà.

D'un trousseau fourni, la petite fille a détaché une clef.

— Tiens ! C'est la clef de la porte d'entrée. Tu emménages quand ?

On n'avait pas parlé loyer, pas évoqué les charges ni la caution et il n'était évidemment pas question que j'aborde ces questions avec une enfant.

— Il faut peut-être que je parle de certaines choses avec ton père ?

— Oui, bien sûr, mais ne sois pas pressée d'entendre qu'il n'aime pas le bruit et qu'il est à cheval sur les horaires.

Sans le vouloir et presque contre mon gré, j'ai pris la clef qu'elle me tendait et l'ai accrochée au porte-clefs que m'avait fabriqué Simon pour une fête des mères quand il était petit.

— Alors ? Tu arrives quand ? s'impatientait la petite fille.

— Je déposerai quelques affaires demain, mais il faudra que j'aie parlé à ton père avant.

— Il est très occupé. Il travaille beaucoup. Il est médecin pour enfants. Le plus simple sera que vous vous rencontriez quand tu vivras ici.

J'ai réalisé que je n'avais même pas demandé son prénom à ma jeune interlocutrice. Avant même que je ne formule la question, elle m'a dit :

— Ma mère voulait m'appeler Romane, mon père aurait préféré Garance. Ils ont tranché, je m'appelle Romance.

Lorsque je suis rentrée chez moi, Simon regardait les informations à la télé, enroulé dans un plaid, sa cannette et son téléphone posés sur la table basse, un rituel auquel il ne déroge presque jamais.

— J'ai une grande nouvelle à t'annoncer !

Mon fils a émis un grognement qui pouvait aussi bien vouloir dire « j'ai faim » que « attends un peu, là il y a un sujet qui m'intéresse » ou encore « je t'écoute ». Comme souvent dans la vie, tout n'est qu'affaire d'interprétation.

— J'ai trouvé un appartement.

Il a accusé le coup. Je l'ai bien vu. Il a bu une gorgée de Coca, baissé le son des infos, et s'est redressé.

— Je n'y croyais plus !

— Moi non plus, ai-je dit en affectant un air détaché.

Je lui ai expliqué la configuration un peu particulière des lieux, je lui ai dit aussi que je n'avais pas encore signé, qu'il fallait que je m'entretienne avec le père de la petite fille qui m'avait reçue.

— Ah bon ! Rien n'est fait alors !

C'est vrai, rien n'était fait et pourtant je savais que je m'installerais dans cette maison.

Le soir même, je recevais un mail de l'agence qui m'avait proposé cet appartement, me confirmant le loyer, les charges et le montant de la caution. Par miracle, tout me convenait et, par Internet, j'ai signé le bail.

L'appartement étant meublé, je mettrai donc mon mobilier au garde-meuble, je proposerai à Pierre de prendre ce qui lui fait plaisir et je donnerai à une association ce dont je ne me servirai plus.

— En somme, tu fais table rase de notre vie, a sobrement commenté Simon.

— Absolument pas. Je suis ton conseil. Tu as raison, je ne peux pas passer le reste de ma vie l'œil rivé à un œilleton, à espérer un homme qui ne veut plus de moi, d'ailleurs, ce mot, œilleton, me fait penser à une maladie infantile. Puisque maintenant tu es adulte, moi aussi j'ai décidé de grandir !

— Avant de te débarrasser de tout, assure-toi que tu te sens bien dans ce nouvel appartement, m'a suggéré sagement mon fils.

Je l'ai rassuré. Je me donnais un mois pour vider l'appartement.

J'ai téléphoné pour prévenir le propriétaire que j'emménageais dès la semaine prochaine. Je suis une fois encore tombée sur la petite fille. Son père était absent. Il me restait à peine quelques jours pour accepter d'être privée de ce hublot à barreaux qui donnait sur ma vie telle qu'elle ne voulait plus de moi.

Ce matin-là, c'est avec une valise de livres et de disques, une autre de vêtements et un carton contenant quelques objets que j'ai quitté mon immeuble. J'ai regardé une dernière fois par le judas, avant d'ouvrir la porte, le palier était vide, la voie était libre.

Simon habiterait chez son père, et dans quelques mois, après les grandes vacances, il emménagerait à Londres où il vivrait sur le campus de l'université dans laquelle il avait été admis.

J'étais triste de ce départ qu'il m'avait présenté comme la chance de sa vie. Je m'avouai pourtant, honteuse mais soulagée, que son absence temporaire me laisserait le temps de m'occuper de moi et d'avoir enfin, sur cette voix qui surgissait, le dernier mot.

Heureuse d'avoir fait de lui un homme responsable, triste d'avoir définitivement perdu le petit garçon qui rangeait les pièces de ses Lego dans des sacs de congélation.

*

Ce lundi matin, j'ai sonné à la porte. Il n'y avait personne, la maison était vide. Romance devait être à l'école, son père à l'hôpital. J'avais la clef, mais je n'ai pas osé ouvrir spontanément.

Je suis entrée, j'ai déposé mes valises dans le vestibule, ainsi que le carton que je ne pouvais pas soulever.

— Il y a quelqu'un ?

Personne n'avait ouvert, il était donc cohérent que personne ne réponde.

J'ai poussé la double porte de ce que j'imaginais être le salon. Cette grande pièce dont les meubles étaient recouverts de draps blancs ne devait pas beaucoup servir. Attenante, la salle à manger dans laquelle les chaises étaient dissimulées sous des housses grises et je devinais une table en acajou, sous une épaisse couche de poussière.

Aux murs, des traces plus claires que la couleur initiale du tissu indiquaient que des tableaux avaient dû être accrochés, ici et là. Pas de livres ni de bibelots. Les rideaux avaient perdu leur couleur, à force d'être exposés au soleil. Ils avaient peut-être été verts. J'étais entrée dans un monde en noir et blanc.

J'ai refermé la porte, avec l'impression désagréable d'avoir dérangé des souvenirs qui n'étaient pas les miens.

Revenue dans l'entrée, j'ai monté péniblement mes deux valises. Je viderais le carton progressivement. Mon nouveau foyer m'attendait. Il y avait même un bouquet de roses dans un joli vase. Le lit était fait. Ce lieu vide de locataire semblait pourtant plus habité que le salon de la maison de mes hôtes.

J'ai rangé mes vêtements, dans l'une des armoires un petit sachet de lavande diffusait un parfum délicat. Des serviettes de toilette étaient pliées sur le lavabo.

J'ai branché mon téléphone portable, vérifié deux fois que Simon ne m'avait pas appelée. Il me manquait déjà.

Instinctivement, j'ai regardé la porte d'entrée de mon nouvel appartement pour constater qu'elle était vierge de judas.

La douceur des lieux contrastait avec les pièces de réception désertées. Il était facile d'oublier que j'étais dans une maison habitée et non dans un immeuble.

Romance ne s'était pas manifestée, pas plus d'ailleurs que son père. J'étais seule chez eux. À l'heure à laquelle les enfants rentrent de l'école, Romance n'est pas revenue.

Le lundi, peut-être est-elle chez sa mère ?

Dans la soirée, j'ai eu faim. J'ai enfilé un pull sur mon tee-shirt gris, j'ai pris la clef, précaution inutile puisqu'il n'y avait pas de serrure à la porte de mon appartement, et je suis descendue dans la cuisine.

Les deux sièges se faisaient face, mais une troisième chaise avait été installée, la mienne sans doute. Rien ne mijotait, la table n'était pas mise. J'ai ouvert prudemment les placards, trouvé un paquet de pain de mie, de ceux avec lesquels on fait les croque-monsieur. Dans le réfrigérateur, un morceau de gruyère et deux bouteilles de vin blanc. Je n'ai pas résisté. J'en ai ouvert une. Demain, j'irai faire des courses et je remplacerai bien sûr tout ce que j'ai pris. Comme une petite souris, je suis remontée avec mon pain, mon fromage, ma bouteille, un tire-bouchon et un verre.

Et j'ai commencé à réaliser qu'en un claquement de doigts, j'avais quitté un appartement dans lequel je vivais depuis vingt ans, pour emménager dans ce qui ressemblait à une maison fantôme.

Pour me rassurer, j'ai regardé à nouveau la bibliothèque, pris *Les Vacances* de la Comtesse de Ségur. Je me suis plongée instinctivement dans le passage où la toute jeune Marguerite retrouve son père qu'elle croyait mort. À mon grand étonnement, la pliure fatiguée du livre indiquait qu'un autre lecteur avait souvent ouvert le livre à cet endroit-là.

Je connais cette scène par cœur. Petite, alors que d'autres prient, je me la récitais avant de m'endormir.

Ce soir-là, je me suis couchée, le lit était douillet et me rappelait mon lit d'enfant avec ses draps à rayures vertes, jaunes et roses.

En quelques heures, j'avais tissé ou retissé avec cet endroit des liens intimes que je ne m'expliquais pas.

J'ai dormi comme on dort à dix ans. Je me suis réveillée comme on se réveille à dix ans : j'avais la vie devant moi.

J'ai terminé le pain de la veille, pris mon manteau pour aller boire un café et un jus d'orange au bistrot.

Le vestibule toujours vide était éclairé par la lumière du jour, la poussière dansait sur la rampe de l'escalier. Une odeur de café s'échappait de la cuisine. Je suis allée voir, mais de café, il n'y avait que l'odeur.

J'ai été heureuse de me retrouver dans la rue, j'ai appelé Simon qui était sur messagerie, comme toujours.

— Mon amour, c'est maman. J'espère que tout se passe bien avec papa. J'ai l'impression d'être partie depuis des mois. Téléphone-moi, on peut se retrouver ce soir pour dîner.

Je suis entrée dans un café à la devanture un peu rétro, au sol des mosaïques délavées et au mur un percolateur bruyant.

Ce bistrot non plus, je ne l'avais jamais remarqué. Ce quartier était pourtant le mien depuis toujours. J'avais vécu ici avec mes parents, puis avec ma grand-mère.

J'ai voulu acheter le journal mais le kiosque avait changé de place. Tout m'était familier mais rien n'était exact. Mes souvenirs ranimés étaient à la fois vifs et flous.

J'ai fait quelques courses dans une épicerie au slogan célèbre dont j'étais pourtant certaine qu'elle avait fermé depuis longtemps. Il me semblait même qu'elle avait été remplacée par une boutique de vêtements.

Ma mémoire était décidément vacillante depuis hier. La fatigue du déménagement, l'émotion d'avoir franchi le pas, la fierté d'avoir réussi à ne plus être soumise à ce judas qui me donnait du palier, de Pierre et peut-être de ma vie en général une vision déformée, autant de raisons qui justifiaient d'être troublée.

Revenue dans l'impasse, je remarquai que la façade de la maison que je trouvais hier encore abîmée, lézardée par endroits, écaillée au-dessus des fenêtres, fissurée de chaque côté de la porte, était comme neuve. La peinture blanche étincelait et les rayons du soleil mettaient en valeur une petite statuette placée dans une niche située juste au-dessus de l'entrée. La maison jouissait d'une protection.

En m'approchant, j'ai détaillé le buste en pierre qui était celui d'un homme très digne, dont les pans de la lavallière retombaient élégamment. Son visage souriant et sa physionomie avenante étaient une invitation à franchir le seuil. J'aurais juré qu'il n'était pas là hier.

J'ai déposé dans la cuisine une bouteille de vin, un paquet de pain de mie et un gros morceau de gruyère. Chez un chocolatier dont j'étais certaine que la spécialité, une friandise appelée *Noisetine*, avait disparu depuis mon adolescence, j'ai acheté une boîte de chocolats, de *Noisetines* justement pour remercier mes hôtes de toutes les attentions dont ils m'avaient comblée.

Le confiseur s'était, clamait-il fièrement, renouvelé, au grand dam de sa clientèle et ne proposait plus depuis une vingtaine d'années que des chocolats extrêmement sophistiqués aromatisés au poivre, piment, zeste de citron, graine de moutarde ou anis. Les friandises de mon enfance avaient donc fait leur retour et je n'en savais rien. J'en achèterai pour Simon.

En déposant la boîte sur la table de la cuisine, j'ai voulu leur écrire un mot.

Et puis je me suis ravisée, ils comprendraient. Je n'avais toujours pas rencontré le père de Romance. Et je n'avais plus croisé la petite fille depuis que je m'étais installée ici.

Je suis montée chez moi, sans faire attention aux pièces désertées. En quelques heures, les housses, la poussière et les tableaux dont on ne devinait que les dimensions m'étaient familières. Ici, j'étais chez moi.

J'ai déposé mes courses sur la table basse et me suis fait couler un bain. Ces quelques emplettes m'avaient épuisée. J'avais déployé des trésors de mémoire pour me repérer dans ce quartier qui était le mien depuis toujours. J'ai mis un peignoir qui était posé sur le petit meuble à côté du lavabo. Le hasard fait bien les choses, un petit J était brodé sur la poche.

Dans la bibliothèque, j'ai choisi un livre d'Émile Ajar. Je n'avais pas lu *La Vie devant soi* depuis mon adolescence. Je me suis glissée dans les draps rayés, et j'ai lu. Lu encore. Lu tellement que je n'ai même pas pensé à regarder si Simon m'avait envoyé un message.

La lumière changeait, le soir tombait. J'ai grignoté un morceau de mimolette vieille, en regrettant de n'avoir pas acheté un paquet de *Noisetines* pour moi. J'ai résisté à la tentation d'ouvrir une bouteille de vin. Résisté sans effort. La veille déjà, le goût de l'alcool m'avait presque incommodée. Je n'ai pas osé descendre dans la cuisine. Je me sentais passagère clandestine de ce navire à l'abandon. Et j'avais pourtant l'impression d'être exactement à ma place.

Romance avait disparu, son père, lui, n'était jamais apparu. N'importe quelle personne sensée aurait remballé ses affaires, vêtements, disques, livres, et pris la fuite. Si la vie que j'avais choisie de quitter était réduite aux contours d'un mouchard, j'étais aujourd'hui confrontée à moi-même, retrouvant en feuilletant certains livres qui étaient rangés là des sensations familières. Je passerai la soirée avec Marcel Aymé, Delphine et Marinette.

Je me suis endormie sans somnifère, ce qui ne m'était plus arrivé depuis longtemps. Je me suis réveillée comme si on m'avait regardée rêver. J'avais tant protégé le sommeil de mon fils que je ne pouvais m'empêcher de trouver légitime à mon tour de profiter de la bienveillance de quelqu'un.

Au matin, j'étais bien. Mon corps m'encombrait moins ici que là-bas, dans mon ancien appartement. Un jean, un pull, des tennis et je suis sortie. De ce monde que je croyais connaître mais que je ne reconnaissais pas, plus rien ne m'étonnait. La pharmacie était bien là, je n'étais pas folle. La façade était différente. Les rayons disposés autrement, le comptoir était plus haut, à l'ancienne.

Le pharmacien, lui, était absent.

— Vous êtes le remplaçant de monsieur Durange ?

— Monsieur Durange ?

— Oui, le pharmacien habituel.

— Je suis le pharmacien habituel, tu n'as pas l'air dans ton assiette, petite Jeanne ! Tu veux une pastille à la menthe ? Passe cet après-midi, les préparations de ta mère seront prêtes.

Ma mère ? Cela fait plus d'un quart de siècle qu'elle n'a plus besoin de médicaments.

Je me suis arrêtée dans le bistrot de la veille, le serveur m'a souri. Je n'ai pas été tentée de passer devant mon immeuble. Aucune envie de croiser Pierre au bras d'une autre. Simon m'avait laissé un message laconique destiné à me rassurer, message qui supposait que je savais déchiffrer ce drôle de langage qui donne aux lettres des ambitions de sens, à condition de leur greffer un son approximatif. Mon chemin m'avait semblé semé d'embûches temporelles.

Rien ne collait avec rien.

J'ai été soulagée de me retrouver impasse des Érables. La maison changeait. En entrant, j'ai été surprise de trouver ouverte la porte qui donnait sur le salon. Les housses qui protégeaient les sièges avaient été retirées. Les canapés avaient vécu mais ils invitaient à s'attarder.

Peut-être reçoivent-ils des amis, ai-je pensé avant de rejoindre mon appartement. La rampe venait d'être briquée. Le bois brillait.

Si j'avais perdu la notion du temps, je n'avais jamais vécu à ce point en accord avec mes désirs immédiats. J'ai faim, je mange. J'ai sommeil, je dors. Je veux me distraire, j'écoute un disque, je choisis un livre. Et si mon enfance et sa cohorte de blessures cessaient de se défiler ? Et si pour la première fois, j'acceptais de me souvenir sans résister ?

Les jours passaient. J'avais trouvé des repères dans ce nouveau quartier qui pourtant était le mien depuis toujours. Le pharmacien me souriait, la dame qui vend les journaux me racontait en détail les inventions de son mari.

— Tu verras, Jeanne, il le gagnera Paulo, le concours Lépine, et on ne sera plus obligés de vendre *France-Soir* et *Jour de France* aux bourgeois.

André, le serveur du Mozart, me servait un chocolat chaud sans que je lui demande rien. Il me semblait bien pourtant que je m'interdisais le chocolat sous toutes ses formes, depuis qu'adolescente un garçon m'avait fait une remarque désobligeante sur ma silhouette.

Les jours passaient. Après les canapés déhoussés, la table de la salle à manger avait été cirée, l'acajou respirait.

Tout reprenait sa place.

Si je comprenais que mon présent n'était pas *le* présent, je ne le formulais pas de cette façon. La densité des minutes qui composent l'heure du souvenir est modifiée. Je ne savais plus vraiment depuis combien de temps je vivais ici. Je savais que Simon viendrait, mais il était encore trop tôt. Dans ce présent-là, il n'était pas conçu.

Il se serait pourtant bien entendu avec Romance. J'organiserai une rencontre.

Un matin, alors que je dévalais l'escalier principal, j'ai eu la surprise d'entendre du bruit dans la cuisine.

— Je t'attendais.

— Bonjour Romance, ça fait un siècle que je ne t'ai pas croisée.

— Merci pour les *Noisetines.* Tu te souvenais que j'aimais ça ?

— Moi aussi je les adorais quand j'avais ton âge, et puis cette confiserie en haut de l'avenue Mozart a cessé de les fabriquer…

— Donc tu es passée aux nounours en guimauve !

— On dirait que tu as espionné mon enfance !

— Tu ne crois pas si bien dire, m'a répondu la petite fille en souriant.

J'ai remarqué alors qu'on avait exactement les mêmes fossettes.

— J'ai trouvé cette grande enveloppe dans ta chambre, a-t-elle poursuivi, comme le prénom de mon père était écrit dessus, Victor, j'ai cru qu'elle était à lui. Je l'ai ouverte avant de la lui remettre, j'ai toujours été curieuse, tu le sais, et j'ai vu qu'effectivement toutes ces lettres lui étaient destinées. Il serait peut-être temps qu'il les lise, tu ne crois pas ?

Romance m'a tendu une chemise, couleur papier kraft, fermée par un ruban, retenu lui-même par une attache en métal.

— Elles doivent être drôlement précieuses ces lettres pour avoir été conservées avec autant de soin. Tu veux les relire avant qu'on les lui remette ? m'a demandé gentiment Romance.

— Qu'on les remette à qui ?

— À mon père ! À Victor ! C'est bien à lui qu'elles sont adressées, non ?

J'étais sonnée. Ce prénom avait disparu. Je l'avais effacé comme on gomme un tatouage dont seule demeure la cicatrice, une marque avec laquelle il faut désormais vivre, alors qu'on ne sait plus vraiment de qui ou de quoi elle est la trace.

J'ai remercié la petite fille, pris l'enveloppe, oublié que je voulais sortir. En remontant le grand escalier, j'ai constaté que certaines des taches claires sur le mur étaient désormais masquées par des tableaux dont les dimensions coïncidaient parfaitement avec les traces que j'avais remarquées.

Arrivée en haut du second escalier, je n'ai pas été essoufflée. Je me suis assise dans le canapé en velours. J'ai ouvert le dossier que m'avait remis Romance et j'ai lu.

Des lettres, il y en avait des centaines, elles étaient retenues par une faveur en satin rouge.

De la plus ancienne à la plus récente, l'évolution de l'écriture et du papier employé était émouvante. Au fil des années, l'écriture, ronde d'abord, avait tenté de s'endurcir, se donnant des airs rebelles, une écriture qui se cherchait une personnalité, croyant, naïve, qu'il suffisait d'affiner les points sur les *i* et de retourner les *m* en leur donnant des allures de vagues déchaînées pour être prise au sérieux. La graphie était pensée. Il fallait qu'elle induise une respectabilité. L'encre aussi avait évolué. Bleu écolier qui s'efface, turquoise, bleu dur, et noir pour finir. Les supports étaient variés. Papiers à lettres de petite fille, agrémentés de personnages, de cœurs roses ou de trèfles vert tendre, pages blanches subtilisées au réservoir d'une photocopieuse, copies simples ou doubles avec marge, carreaux et lignes, feuilles arrachées à un bloc sérieux. Les plus récentes étaient écrites sur du papier vergé. Un prénom était imprimé en haut à gauche, le mien. Je ne me souvenais de rien, ou de si peu de chose. Oui, j'avais peut-être écrit une ou deux lettres. J'ai défait le ruban et instinctivement j'ai pris la dernière de la pile, la plus ancienne donc. Et j'ai lu comme si je me faufilais dans une histoire qui ne se souvenait pas de moi.

Je jouais à faire glisser le ruban rouge entre mes doigts. Je voyais une rigole de sang qui passait du majeur à l'index.

Cette première lettre était écrite au dos d'une ordonnance qui ne m'était pas destinée et que j'avais dû subtiliser. Tracées au feutre, les lettres étaient imposantes, leur taille exprimait peut-être la volonté de celle qui écrivait. Sur les deux *i* d'*ici*, les points étaient des ronds vides. Dans ce vide, je lisais la tristesse.

*Monsieur,*

*Je vais quitter l'hôpital bientôt. Je préférerais rester avec vous. Je suis bien ici.*

*Jeanne*

Et la dernière, c'est-à-dire la première qui s'offrait à moi. Encre noire, papier blanc épais, écriture rapide, lisible, ferme et sans appel.

*Victor,*

*Nos chemins se séparent donc ici et maintenant. Merci d'avoir tenu ce rôle avec constance et bienveillance. J'ai vécu mon adolescence entre deux parenthèses qui avaient votre profil.*

*Passerai-je le reste de ma vie à regretter de n'avoir pas compris ?*

*Sans doute. Je m'en remets maintenant à ma force et à sa mémoire.*

*Donnez-moi de vos nouvelles de temps en temps. Finalement, je ne vous connais pas.*

*Jeanne*

Les lettres étaient datées. Sept ans séparaient la première de la dernière. Sept ans, l'âge de raison.

Passagère clandestine de ma propre vie, voilà ce que cet amour, le premier, celui dont j'avais tiré le *La,* celui qui conditionnerait mes amours adultes, avait fait de moi.

Je devais voir Romance. Si elle se dérobait, je trouverais les mots pour la faire parler.

S'éloignaient Pierre et Simon. Il fallait que j'accepte de les perdre pour mieux les retrouver, et que j'admette enfin que je ne pouvais pas faire plus longtemps l'économie de mes souvenirs. À réfuter ces années-là, je m'étais perdue.

Le dossier était ouvert, le ruban défait.

— Romance ! Il faut qu'on parle ! Où te caches-tu ?

— Mais je suis là, pourquoi tu t'énerves ?

Effectivement, la petite fille était assise dans l'un des fauteuils qui meublaient le salon. Apparue par magie, à moins qu'elle ait toujours été là.

— Tu as du chocolat ?

— Non, bien sûr que non. Je ne mange plus de chocolat depuis au moins trente ans.

— Justement, moi j'en mange encore. Je vais chercher les *Noisetines.* Ne bouge pas.

Elle est revenue, la boîte de friandises dans une main, la bouteille de vin blanc que j'avais achetée pour remplacer celle que j'avais prise, dans l'autre.

— Tu es prévoyante !

— Je crois que j'ai deux, trois choses à te raconter, m'a souri Romance. Tu risques d'avoir besoin d'un remontant !

Romance s'est assise en tailleur. Une position que j'adopte moi-même volontiers et très naturellement. Face à elle, je n'en menais pas large. Qu'allait-elle me révéler ?

Je savais pourtant que je ne pourrais pas éternellement éluder ce rendez-vous. Je me souvenais parfaitement de mon adolescence et je n'ignorais rien des raisons de la fin brutale de mon enfance.

Comme dans un divorce, après s'être mis d'accord sur la garde des enfants devant le juge, après avoir signé les papiers les attribuant à l'un, les semaines paires, à l'autre les semaines impaires, du mercredi au mercredi, un Noël sur deux, la moitié des vacances scolaires, quand tout semble réglé, on peut toujours faire appel à un médiateur pour essayer de trouver une solution quand une divergence surgit et qu'une des parties veut revenir sur ce qui a fait l'objet de l'accord.

C'est ce que j'avais fait en sollicitant des interlocuteurs plus ou moins fantaisistes. Il ne s'agissait pas de la tutelle d'un enfant mais de celle de mon adolescence.

Du psychanalyste au médium, je n'avais jamais fait autre chose que chercher avec elle un terrain d'entente.

— Tu es prête ? m'a demandé Romance.

Je me suis servi un verre de vin.

— Je t'écoute.

— Tu as le droit de m'interrompre ! En vieillissant, j'imagine que mes souvenirs et ta mémoire sont de moins en moins superposables, m'a fait remarquer Romance, plus lucide que je ne le serais jamais.

Je vais te raconter tout droit, sans construire, sans éluder, sans avoir peur. Tu vas m'écouter parler de lui et de ce lien, aussi pur que dangereux. C'est difficile d'accepter de se souvenir.

J'ai dix ans, je suis malade. Une maladie du rein, grave, très grave. J'entends autour de moi que l'on dit que je vais mourir. Un médecin demande à ma mère si elle est croyante.

— C'est le moment de prier.

— Allez vous faire foutre !

Moi, perfusée, à demi consciente, je me dis que je suis mal barrée pour arriver sereine au Paradis.

Un autre médecin, grand et mince celui-là, s'assied sur mon lit.

— Salut, je m'appelle Victor.

J'entends ma mère hurler. De plus en plus loin. Je ne sais pas si c'est elle qui s'éloigne ou moi qui m'en vais déjà. À dix ans. Je ne sais pas que je suis maintenant sur une table d'opération. On m'a demandé de compter à rebours, en commençant par dix. J'ai dit dix.

Je suis dans un jardin, il y a des cyprès, du mimosa, un chat je crois. Il y a des pierres horizontales que je n'identifie pas. Je suis au niveau des nuages. C'est donc ça le ciel ? Ça va être long l'éternité sans les copains et mon album Panini.

Je ne sais pas que je dors, un rein en moins. Il est vaste ce jardin pour moi qui suis un rat des villes. Plus tard, je réaliserai que je survolais un cimetière. J'apprendrai que ma mère avait menacé de mort le chirurgien, l'anesthésiste, le pédiatre, les infirmières.

— Si elle meurt, je vous bute, tous.

Je me réveille, branchée à des machines qui font du bruit. J'ai soif. L'air du ciel sans doute. Je me rendors. J'appelle ma mère, et mon père peut-être aussi. Je ne sais plus qu'il ne peut pas me répondre. Un peu de répit. Je n'entends pas ma voix. Aucun son ne sort de ma gorge. Je pense que je crie, personne ne m'entend. Je préférais le jardin de pierres. Plus tard, bien plus tard, je me réveille dans une chambre. Ma mère est là, elle me caresse l'intérieur du bras, doucement. Elle ne pleure pas. N'a plus de larmes.

— Mon trésor ! Tu as ouvert les yeux !

Je n'ai plus qu'à guérir. Et ma mère ne tuera personne. Ça vaut le coup de faire un effort.

Au bout de plusieurs semaines, j'ai quitté le service de chirurgie. Ma mère ne s'éloignait que pour changer de vêtements, se laver et se reposer un peu.

— Tu reviens quand ?

— Je serai là pour ton dîner mon petit lapin.

— Mais je n'en suis qu'au goûter.

Je ne la laissais pas s'éloigner. Je hurlais quand je la perdais de vue.

Je récupérais assez vite. Dans le nouveau service, j'étais désormais en pédiatrie, je m'étais fait des copains, il y avait Nordine, Chantal, Claire, Olivier. On avait à peu près tous le même âge. Avec Nordine, je jouais aux cartes. Contrairement à moi, il pouvait se déplacer. Il s'asseyait sur mon lit, et on jouait à la bataille. On se disputait, parfois même les cartes volaient et je pleurais. Nordine me consolait. Ses parents ne vivaient pas en France, il était pris en charge par une dame parce qu'ils n'avaient pas pu faire le voyage d'Algérie. Il l'appelait « la dame ». Elle ne venait pas souvent le voir mais quand elle arrivait, il était soudain très triste. Ma mère et ma grand-mère lui apportaient des cadeaux tous les jours. Ce qu'il aimait, Nordine, c'était nous parler de ses parents. Il nous disait :

— Plus tard, Jeanne et toi, vous viendrez chez moi en vacances.

Ma mère rigolait et le suppliait de manger.

— Nordine, il faut que tu reprennes des forces pour nous accueillir.

Je faisais des progrès à la bataille et surtout j'avais compris qu'il ne fallait pas se formaliser : sans jamais se justifier, Nordine changeait les règles et les valeurs des cartes.

— Aujourd'hui la reine vaut deux et le cinq vaut neuf.

C'était sans appel.

Nos journées étaient rythmées par les visites des médecins, des infirmières et en particulier du chef de service qui se déplaçait toujours avec beaucoup de monde.

Lui, c'était le grand type qui s'était assis sur mon lit le jour de mon arrivée. Il était toujours en blouse blanche, col relevé et chaussures cirées. J'ai fait partie de son armée d'enfants malades. J'étais un soldat parmi d'autres. Tous perfusés et alités, mais joyeux d'être là, joyeux d'être ensemble, joyeux tout simplement d'être vivants, conscients sans doute d'avoir échappé au pire.

De cette armée, il était le chef, le commandant, le roi, l'empereur. Il n'était pas autoritaire, mais nous lui obéissions. Quand l'un de nous rechignait à se faire piquer une fois de plus, une fois de trop, il suffisait qu'il se montre et le réfractaire tendait son bras sans faire d'histoire. Nous étions une bande, nous ne luttions que contre la maladie. Nous ne nous trompions pas d'ennemis. Quand il entrait dans ma chambre, Nordine filait dans la sienne. On trouvait des jeux de cartes dépareillés dans les draps, par terre, sur la table.

Les infirmières de nuit lui faisaient un rapport tous les matins.

Ici comme ailleurs, les enfants luttent et transgressent. On s'endormait dans la chambre des copains, on trimbalait nos pieds de perfusion montés sur roulettes, on se cachait quand entrait un adulte, on était les enfants les plus rusés du monde, mais comme on présumait de nos forces, on finissait toujours par se rendre.

Moi j'étais un soldat comme les autres, moins gravement malade que certains, mais beaucoup plus que d'autres, en tout cas, suffisamment pour, le temps d'une longue hospitalisation, n'être plus enfant unique.

Nous étions une fratrie à géométrie variable. Certains sortaient, d'autres avaient des permissions, d'autres encore disparaissaient sans dire au revoir.

Victor était là tout le temps. Il était le lien entre nous et se faisait fort de maquiller nos enfances abîmées.

Il était gentil et se mettait à notre hauteur. Il s'asseyait volontiers sur nos lits, nous accompagnait dans la salle de jeux, parfois même jouait avec nous. Nous ses soldats, à la vie à la vie.

— Comment ça va aujourd'hui ?

J'aimais bien sa voix. Elle était grave et juste. Si je ne répondais pas, c'était pour qu'il répète sa question. J'étais certaine que si je faisais une provision de sa voix, le soir, en me concentrant, je pourrais l'entendre à nouveau. Je me faisais penser aux hamsters qui gardent, calée dans leurs joues, la nourriture nécessaire pour subvenir à leurs besoins.

C'était peut-être une légende cette histoire de hamster, mais j'aimais bien l'idée.

— Tu n'as pas entendu ? Comment ça va aujourd'hui ?

Sa voix douce se voulait imperceptiblement plus sèche. Un ton qui appelait une réponse tout de suite. Tant pis pour les réserves. Tant pis pour les hamsters.

— Ça va. J'en ai marre des aiguilles.

Il s'approchait alors, s'asseyait sur mon lit.

— Je comprends. Mais tu vas de mieux en mieux. Ce qu'il faudrait, c'est qu'avec Nordine, vous respectiez les règles. Quand on vous demande d'éteindre la lumière, vous ne cherchiez pas à resquiller. Sinon, parce que vous êtes fatigués, la guérison prendra plus de temps.

— Ça veut dire quoi, resquiller ?

Il se levait alors, sans répondre. J'aimais ça qu'il me rappelle les règles. Ça me rassurait. Je faisais donc vraiment partie à nouveau du monde des vivants.

Il faudra que je dise à Nordine qu'une infirmière de nuit nous avait trahis.

— Je ne suis pas étonné. Je sais laquelle c'est. Elle me fait penser à la dame, a rétorqué Nordine quand je lui ai raconté.

La dame en question était maigre et revêche.

Les jours passaient, j'ai pu me lever, m'asseoir et même aller jusqu'à la salle de jeux.

Je n'arrivais pas à me concentrer suffisamment pour les jeux de société. Il y avait une animatrice très patiente qui s'occupait de nous. Mais avec Nordine, on préférait jouer tous les deux à des jeux de cartes aux conventions variables.

Ma mère allait dîner près de l'hôpital et elle revenait dormir avec moi. Parfois, je l'autorisais à rentrer à la maison.

Un matin, Nordine est arrivé dans ma chambre, triomphant.

— Je sors d'ici ! Demain ! Je vais chez la dame le temps d'être sûr que je suis guéri, et après je rentre chez moi. Tu verras, quand mes cheveux auront repoussé, je serai beau.

— Et moi ? Avec qui je vais jouer ?

J'ai été triste toute la journée, refusant le déjeuner et même le goûter. Ce soir-là, le grand médecin, Victor, s'est assis sur mon lit. Il n'avait pas sa blouse blanche. Il portait un costume bleu marine, une chemise bleu pâle et une cravate. Il a déposé son manteau sur le fauteuil. J'étais certaine qu'il allait me faire la morale. Mais non. Je ne sais plus très bien ce qu'il m'a dit. Je n'écoutais pas. Je faisais mes provisions. Je me lovais dans sa voix. Elle était aussi douce que la main de ma mère quand elle caressait pendant des heures l'intérieur de mon bras. Sa voix ressemblait à un édredon sous lequel on est heureux de s'endormir, protégé de tout. Elle me faisait penser à la mer Méditerranée qui rafraîchit l'été quand il fait trop chaud sur la plage. Elle ouvrait une porte. Je pressentais que derrière cette porte, un monde m'attendait. Il parlait toujours, mais on avait quitté l'hôpital et on marchait tous les deux, je le tenais par la main. Autour de nous, il y avait des gens, la mer, un brouhaha, mais sa voix me faisait penser à un chant de violoncelle qui émergeait de l'orchestre.

— Jeanne, tu m'écoutes ?

Mon prénom prononcé par lui m'a ramenée à la réalité de ma chambre d'hôpital, de la perfusion, et de la sonde. Je me suis mise à pleurer. Je voulais qu'il continue à parler, je voulais me promener encore, ma main dans la sienne. Je voulais qu'on s'arrête dans une boulangerie, qu'il m'achète un pain au chocolat, et qu'on aille faire du vélo au bois de Boulogne.

— Allons ! Nordine reste encore quelques mois en France. Vous vous reverrez. Toi aussi tu vas bientôt sortir. Ce sera beaucoup plus gai qu'ici.

Je ne pensais plus du tout à Nordine. Je ne voulais pas que Victor quitte ma chambre. C'est tout. Il s'est finalement levé, m'a caressé le front rapidement.

— Je dois y aller, Jeanne. Je compte sur toi. Tu dois reprendre des forces. On me dira demain si tu as dîné.

Et il est parti. Parti comme ça. Comme si j'avais envie qu'il parte. Il m'a fait un petit signe de la main auquel je n'ai pas répondu. Heureusement, j'avais mes provisions. L'édredon et la porte qui donnait sur l'été.

Le soir même, j'ai eu envie de refuser le dîner pour qu'il revienne le lendemain dans ma chambre s'asseoir sur mon lit et me parler. Mais Nordine m'en a dissuadée.

— Ne fais pas ça. Ils te mettront un tuyau de plus pour te nourrir. C'est tout ce que tu vas gagner. J'apporte mon plateau dans ta chambre, on va dîner tous les deux.

J'ai obtempéré surtout parce que j'avais faim. Mais cette nuit-là a été terrible.

J'ai rêvé de lui, du grand médecin. Il se battait en duel avec mon père, comme dans un film avec Jean Marais que j'avais vu à la télévision. J'assistais au duel, mais c'est lui que je soutenais, et non mon père. Quand je me suis réveillée, mon lit était trempé. En dormant, j'avais arraché l'aiguille de la perfusion et le liquide s'écoulait dans les draps.

L'infirmière que j'ai appelée a été persuadée que je l'avais fait exprès. Elle a allumé la lumière vive de la chambre, a remis l'aiguille en place et a éteint, sans un mot.

Je me suis rendormie très vite. Je voulais voir si mon père bougeait encore ou si le médecin l'avait vraiment tué. Au lieu de ça, j'ai rêvé que j'étais à bord d'une barque qui voguait sur un lac, essayant sans y parvenir d'approcher une île sur laquelle trônait une statue.

Nordine est parti. Ma mère lui a offert une gigantesque boîte de feutres et un grand carnet à dessin.

Moi, je lui ai rendu les quatre sept que j'avais cachés un jour où il avait décrété que c'étaient les cartes les plus fortes de tous les jeux.

— Salut Jeanne ! On se téléphone dès que tu sors d'ici. Et après, avec ta mère vous viendrez en vacances chez moi, là-bas. Mon père m'a dit qu'on allait vous recevoir comme des reines.

La dame ne souriait pas. Elle tenait dans une main la petite valise de Nordine, et dans l'autre un bonnet en laine.

— Mets ce bonnet, Nordine. Ne va pas prendre froid en plus.

Elle ne souriait pas. Elle aussi avait l'air déçue que Nordine sorte de l'hôpital.

Je ne voulais pas pleurer devant lui. Mais je me mordais les joues. Je jouerais désormais avec Claire. Tout le monde est remplaçable. Je m'accrochais à cette idée, qui deviendrait, avec un peu d'entraînement, une certitude et même une religion.

Claire ne triche pas aux cartes. Les règles ne changent pas au fil de la partie. Les rois sont plus forts que les trois. Je m'ennuie.

Ce jour-là, Victor le médecin est arrivé, il avait remis sa blouse blanche, relevé son col. Il ne venait pas me voir en plus de sa journée de travail.

— Que s'est-il passé cette nuit ? Tu as arraché ta perfusion ?

Sa voix ne caressait plus, elle était sévère. J'essayais de dissocier *les* mots de leur ton pour ne plus les entendre qu'en pièces détachées et être capable, en les assemblant, de reconstituer d'autres mots qui diraient autre chose. Parfois, les mots, je n'avais même pas besoin de les tordre, il suffisait de les écouter, ils me servaient un autre sens sur un plateau. *Perfusion.* J'ai dû sourire !

— Moi, ça ne me fait pas rire.

Il ne s'est pas assis sur mon lit, il est resté droit et très raide. J'étais fascinée par son col relevé. À cet instant, j'ai pensé à mon père qui glissait des bâtonnets dans le col de ses chemises. Il appelait ça des baleines. Je riais toujours en le regardant.

— Pourquoi ça s'appelle des baleines ?

Il me serrait dans ses bras en me faisant remarquer que seuls les enfants intelligents posaient des questions.

Le col du médecin tenait peut-être aussi grâce à des baleines.

— Vous avez des baleines ?

Il s'est détendu mais il a essayé de ne pas sourire. Pas facile. Je lui ai raconté mon cauchemar. Je ne lui ai pas dit que l'homme qui se battait avec mon père, c'était lui.

Il s'est assis sur le bord de mon lit.

— Ton papa serait très fier de toi. Tu es courageuse. Tu vas guérir vite.

Déjà, mon père, sa fierté, son sourire, ses fossettes et ses baleines s'éloignaient. C'était son col à lui qui m'attirait.

Je lui ai demandé de revenir me voir avant de partir.

— Si je peux, je te le promets.

Avec Claire on a joué aux dominos. Il y a eu un nombre normal de doubles six. Nordine ne m'avait pas habituée à ça. On a gagné trois parties chacune.

La nuit tombait et il ne revenait pas. C'est à ce moment précis que je me suis mise à l'attendre. Je ne savais pas, je ne me doutais pas que j'entrais dans un tunnel qui durerait sept ans et qui marquerait au fer rouge ma vie entière, ma vie de femme.

J'observais Romance, je ne la quittais pas des yeux. Elle m'avait tant manqué. Sa lucidité était exaspérante mais je n'avais pas d'autre vérité à lui opposer. Les détails étaient à la fois blessants et doux. Il est détestable de se regarder en face quand on a muré les miroirs pendant si longtemps. Romance m'offrait une nouvelle chance de ressentir des émotions que j'avais ensevelies si loin.

— Que sais-tu de ma vie de femme ? Tu as quel âge ?

— Pour l'instant, j'ai dix ans, je viens de rencontrer Victor.

Le lendemain, quand il est passé me voir, accompagné je crois d'une dizaine de jeunes internes, je n'ai pas dit un mot.

— Tu es de mauvaise humeur, Jeanne ?

Je l'ai laissé enlever le pansement et permettre ainsi à ceux qui l'accompagnaient d'admirer ma cicatrice. Il n'a pas accordé d'importance à mon silence. J'étais un corps malade.

Ce jour-là, juste avant de quitter l'hôpital, il est revenu. Je ne l'attendais pas, je somnolais.

— Je viens te dire bonsoir.

Le plaisir que j'ai ressenti quand en ouvrant les yeux j'ai vu sa longue silhouette a été aussi intense que la déception de la veille. De ce plaisir, j'allais jouir pendant sept ans, sans faillir, sans faiblir.

Les jours ont passé, il avait instauré une sorte de rituel, le matin et le soir.

— Bonjour Jeanne, tu as bien dormi ?

— Bonsoir Jeanne, fais de beaux rêves !

Il ne m'embrassait jamais, parfois il passait sa main sur mon front, sans le toucher vraiment, en l'effleurant de ses doigts fins. La bénédiction de ce qui devenait ma religion. Une religion qui comptait une unique fidèle et son Élu.

C'est à ce moment-là qu'est né le fantasme de notre temple. Il fallait que je trouve l'endroit où j'exercerais ma religion et qu'il le consacre.

Le temps passait de plus en plus lentement parce que j'allais de mieux en mieux. Les cartes et les dominos ne me suffisaient plus. J'avais envie de sortir, de courir, de jouer.

Nordine me manquait. Je pouvais aller à pied dans la salle de jeux avec ma perfusion sur roulettes. Il y avait des livres, des jeux de société, du papier, des feutres. Mais je n'avais envie de rien.

Et puis le jour que j'attendais autant que je le redoutais est arrivé.

— Jeanne, j'ai une grande nouvelle, tu sors cette semaine.

Je me souviens de mes larmes. Je sanglotais dans mon lit. Victor m'a regardée, surpris, attendri peut-être, désarmé sûrement.

— Tu n'es pas contente de rentrer chez toi ?

Si, j'étais contente de retourner à l'école, de revoir mes copains, de retrouver ma chambre. Mais je ne voulais pas le quitter, lui.

En une fraction de seconde, j'avais compris que je serais incapable de vivre sans ses visites régulières à mon chevet.

Moi, j'aurais voulu que mon autre rein tombe malade.

Quand il est repassé le soir de cette annonce, je faisais semblant de dormir, comme avant, avec mon père.

Mes parents sortaient tous les soirs. Quand ils rentraient, je dormais. Mais il arrivait que le bruit de la porte d'entrée me réveille.

Mon père se penchait alors sur mon front et m'embrassait délicatement. J'attendais son souffle pour me rendormir. J'étais protégée. Je ne craignais plus ni la sorcière de *Blanche-Neige,* ni Cruella des *101 Dalmatiens.*

Ce soir-là, j'obligeai ma respiration à être régulière.

Victor a été dupe. Il ne s'est pas penché pour m'embrasser. Il a regardé si le liquide de la perfusion s'écoulait normalement, et il est parti.

Je l'ai cherché dans la pièce vide une bonne partie de la nuit.

Le lendemain, on m'a enlevé ma perfusion. J'avais conscience que ce tuyau-là me reliait à lui et à ce service de pédiatrie comme une sorte de cordon ombilical.

— En général, les enfants sont contents quand on leur enlève cette aiguille, m'a fait remarquer l'infirmière.

Je n'ai rien dit.

La veille du jour de ma sortie, il est entré dans ma chambre. Je jouais aux cartes avec ma grand-mère qui me laissait gagner.

— Alors Jeanne, tu nous quittes demain ?

Il avait l'air heureux. Il s'est assis à la place de ma grand-mère qui s'était absentée. Sa voix grave m'enveloppait. Sa longue silhouette me fascinait.

— Tu vas revenir une fois par semaine au début, et puis on espacera. Je vois avec ta maman pour les rendez-vous.

Je n'ai pas réagi. Une fois par semaine ? On espacera ? Mais moi je ne veux pas vous quitter. Je veux bien rentrer, mais chez vous. Je ne veux plus être la fille d'un mort. Je veux un père vivant.

— Et puis, tu vas pouvoir revoir Nordine ! Je suis sûr qu'il est impatient que tu sortes.

Je me fous de Nordine. Je me fous d'être guérie.

Il a pris mon lapin en peluche qui ne me quittait pas, dernier cadeau de mon père quelques jours avant sa mort et lui a parlé.

— Tu diras à Jeanne qu'ici tout le monde l'aime beaucoup. Tu lui diras aussi qu'elle reviendra nous voir mais qu'il est temps qu'elle retrouve ses amis et son école.

Distrait, Victor est sorti de ma chambre, emportant mon lapin. Il est revenu me le rendre en souriant.

— Décidément, on dirait que moi non plus, je n'ai pas envie de te laisser partir !

Je n'ai pas répondu.

Le lendemain, je suis rentrée chez moi, avec ma mère.

Tout a été difficile. Je suis retournée à l'école après des mois d'absence, perdue, peu concernée. Ma cicatrice était laide, longue et épaisse. Elle partait de mon nombril et mourait au milieu de mon dos.

Un mercredi, Nordine est venu goûter. La dame n'a même pas voulu entrer alors que ma mère lui proposait un café. Elle est revenue le chercher deux heures plus tard. On a joué aux cartes et aux dominos, mais il ne trichait plus. Il avait l'air triste. Ses cheveux repoussaient. Il avait un duvet de caneton.

J'avais un tout petit ours noir dans ma chambre qui portait un collier au bout duquel se balançait une médaille qui renfermait un dépliant.

Nordine était fasciné par cet objet. Il jouait à déplier et à replier la carte de Copenhague, suspendue au cou de l'ours.

On ne s'est pas disputés une seule fois, ma mère avait acheté des éclairs au chocolat. Il n'avait pas faim, moi non plus.

Il repartait en Algérie la semaine d'après.

— Mes parents appelleront ta mère. Et vous viendrez chez moi. On sait recevoir ! Tu verras, je te laisserai ma chambre, j'irai dormir avec mon frère. Tu seras comme ma petite sœur.

La dame a sonné à la porte. Il ne l'a pas regardée mais il l'a suivie. Je l'ai raccompagné jusqu'en bas de l'immeuble.

J'avais glissé le petit ours danois dans ma poche et au moment où l'on s'est séparés, je lui ai mis dans la main. Je lui ai précisé que mon père me l'avait rapporté de l'un de ses voyages.

Il l'a pris très délicatement. L'a glissé dans son blouson. La dame le tirait par la main. Elle habitait loin.

— Dépêche-toi, Nordine ! Tu crois que je peux payer le taxi ?

On s'est regardés longtemps, Nordine et moi.

Quand je suis remontée, je me suis enfermée dans ma chambre et j'ai sangloté. Je regrettais déjà l'hôpital. Mais je n'identifiais pas le manque. Chez moi, je n'attendais personne le soir et n'espérais personne le matin.

Ici, ma cicatrice prenait toute la place, elle était longue comme la Seine, large comme le mont Blanc.

Alors que j'avais toujours été très bonne élève, tout est devenu difficile. Je ne m'appliquais plus, et quand j'apprenais mes leçons, je ne les retenais pas. Je ne comprenais rien à la géométrie, je n'aimais pas non plus le roman de Jules Verne qui nous était imposé, *Un hivernage dans les glaces.*

Je n'étais concernée par rien. J'attendais. Tout le monde prenait soin de moi. Je devais grossir. On me nourrissait. Je ne savais pas encore que je passerais ma vie à essayer de maigrir.

Est arrivée enfin la première visite à l'hôpital. J'allais revoir Victor. J'ai voulu me faire belle. Ma mère était un peu désarmée.

— Enfin, Jeanne, ça n'a pas de sens. Tu ne vas pas mettre cette robe pour aller à l'hôpital ?

Finalement, elle a obtempéré, m'expliquant que c'était moi qui serais ridicule.

Je voulais être jolie pour lui. J'ai soigné ma coiffure et retenu mes cheveux avec une barrette qui brillait.

Arrivée à l'hôpital, j'ai eu la curieuse impression de rentrer chez moi. Je me suis précipitée dans le service où j'avais été hospitalisée pour dire bonjour à tout le monde.

Claire était toujours là. Elle jouait désormais aux dominos avec Charles qui n'y comprenait rien et les empilait pour fabriquer des tours qu'il détruisait aussitôt.

— Jeanne ! T'es revenue ?

Simple visite, je lui ai expliqué. Comme au Monopoly. Victor m'attendait dans son grand bureau.

Sur une étagère, des maquettes de bateaux, au mur, des photos de la mer, des nœuds marins dans une vitrine, des cadres posés sur son bureau. Je scrutais, j'emmagasinais.

— Alors Jeanne, comment s'est passée cette première semaine ?

Ma mère a répondu que tout allait bien, que j'étais même retournée à l'école. Elle parlait parce que je ne disais rien.

— Tu me montres ta cicatrice ?

Je me suis approchée de lui, j'ai soulevé ma robe. Il a souri.

— Va t'allonger dans la pièce à côté, j'arrive.

Je les entendais discuter. Je n'écoutais pas, ça ne m'intéressait pas. J'imaginais qu'elle lui disait que dans le bureau de son mari aussi, il y avait des maquettes de bateaux.

Il est arrivé enfin, le col de sa blouse blanche toujours relevé.

Il a enlevé le pansement, a regardé ma cicatrice, a appuyé doucement sur mon ventre, et a remis un pansement.

— Tout va très bien. On refera des examens dans un mois. Tu es guérie ! Je ne veux plus te voir ici !

Ce n'était pas un scalpel qui me déchirait le corps, c'était un poignard.

Je les ai rejoints, ma mère s'est levée, a remercié le médecin.

Il m'a embrassée, moi j'étais sidérée de devoir le quitter si vite.

J'avais dix ans, un rein en moins, mais une raison de vivre en plus.

Romance change de position. Elle détend ses jambes, ouvre la bouteille de Coca qu'elle avait apportée. Elle me rappelle Simon. Boit au goulot, comme si elle était seule.

— À dix ans déjà, tu peux parler de raison de vivre. Ce n'est pas un peu prématuré, prétentieux même ?

— Et toi ? Combien de temps vas-tu faire semblant d'avoir oublié le vide ?

Dans la voiture, souviens-toi, maman parlait gaiement, faisait des projets, construisait un avenir qui nous était interdit quelques mois auparavant. Et moi, je me tassais, comme si j'avais voulu disparaître.

Se souvient-on du vide ? Se souvient-on du manque ?

Romance cherche un mouchoir dans la poche de son pantalon. Ce sont ses yeux qui brillent et mes larmes qui coulent.

Elle se redresse, reprend sa position initiale et poursuit. Je n'ose avoir un mot de réconfort. Il me semble bien pourtant que le vide a enfin des contours.

Sous la cendre qui la figerait pour l'éternité, Pompéi s'animait. L'éruption était en cours. Les esprits quittent les corps dont les restes se mêlent à la terre. L'herbe à venir serait ainsi nourrie.

En quittant l'hôpital ce jour-là, nous n'avons pas repris de rendez-vous avec Victor. Je ne respirais plus. Cette absence d'échéance m'étranglait.

J'allais devoir l'inventer. J'allais créer de toutes pièces un personnage qui donnerait à mon père un corps et une voix.

À l'école, je rattrapais doucement mon retard, je recommençais à jouer dans la cour, à sauter à la corde. Mais j'étais différente, il y avait un monde entre les autres enfants et moi. Et c'était dans ce monde que désormais je voulais vivre. C'était ma zone libre à moi. Sur la porte imaginaire de ce territoire, j'allais apposer un sens interdit à l'intention de la réalité, si toutefois elle risquait une apparition.

Petit à petit, je comprenais que c'était là, précisément là, que désormais je demeurerais.

J'ai alors dessiné deux cercles qui se chevauchaient. L'un des deux représentait mon avenir, l'autre celui de Victor. J'ai colorié la partie qui leur était commune. C'est ici que nous allions habiter.

Dans la section oblongue devenue une parcelle de terrain, j'ai construit notre maison, sobre, vaste et chic.

La façade était blanche, immaculée, les fenêtres nombreuses, la porte noire.

Dans cette maison, j'avais ma chambre, et lui la sienne. Ma mère n'était pas. Mon père n'était plus.

J'allais vivre mon adolescence ici, dans cette portion de cercle. Lorsque j'en sortirais, je serais en apnée, un poisson hors de l'eau espérant son bassin. Avec une épingle, j'ai fixé ce schéma au-dessus de mon lit, comme un objet sacré, une image pieuse.

Avant de m'endormir, je regardais la partie coloriée et immédiatement, je visualisais notre maison. J'ouvrais la porte, elle était lourde.

Ma vraie vie pouvait commencer.

Je n'ai jamais dit à personne que j'avais deux foyers.

La portion de cercle qui nous était commune s'élargissait à mesure que je la regardais.

J'ai reproduit le dessin pour en fixer un exemplaire au-dessus de mon bureau, sur un panneau de liège que ma mère m'avait acheté.

La maison était là, à portée de fantasme. Et si un jour je mourais étranglée par ce cercle devenu lasso ?

En attendant, je décorais ma maison. Le vestibule était vaste. Au sol, des carreaux noirs et blancs. Le salon était grand et confortable. Aux murs des tableaux, je ne savais pas encore très bien lesquels, j'avais le temps de les choisir. Les rideaux étaient en velours vert émeraude.

À l'école, je faisais semblant d'être comme les autres enfants.

— Tu viens à mon anniversaire, Jeanne ? Il y aura un magicien !

Ma mère reprenait des couleurs, ma grand-mère repartait en voyage, au Groenland cette fois-ci, et les vacances de Noël approchaient.

— Jeanne, j'ai pris rendez-vous à l'hôpital, pour une visite de contrôle.

Je n'ai rien montré de ma joie, je ne voulais alerter personne. Je décidai qu'à mon retour, je dessinerais une petite étoile dans notre portion de cercle.

Le jour venu, un jeudi, j'ai raté l'école. Je me suis coiffée longtemps.

À l'hôpital, on est allées directement faire des radios. Je tremblais.

— Ne t'inquiète pas, voyons. Tu sais bien que ça ne fait pas mal.

Qui se serait douté que je tremblais de joie. J'allais le voir, lui parler, lui raconter que je nous avais construit une maison entre deux cercles et que le soir, après l'école, je rentrais chez nous, dans cette maison blanche.

— Aujourd'hui, vous allez voir le docteur A. C'est au troisième étage du bâtiment C.

Je comprenais que Victor n'avait pas prévu de me recevoir. Je n'étais plus malade. J'étais dépourvue d'intérêt.

J'ai prévenu ma mère que je ne voulais pas être examinée par un autre médecin. Elle s'est énervée.

— Tu crois que c'est le moment et le lieu pour être capricieuse ?

Un médecin est arrivé, je ne l'ai pas regardé. Je répondais à ses questions comme un automate. Non je n'ai plus mal nulle part. Oui j'arrive à me concentrer à l'école. Oui je prends bien les antibiotiques. Non je n'oublie jamais.

Je crois que je ne lui ai pas dit au revoir. Ma mère affichait un air gêné.

Je n'ai plus rien dit jusqu'à la maison. Je me suis assise à mon bureau, j'ai plongé dans ma portion de cercle et je me suis calmée. Cette fois-là, j'ai eu du mal à retrouver la clef de notre maison.

Il fallait que je parle à Victor, mais je n'avais que le numéro de téléphone de l'hôpital.

On ne me le passerait pas.

Il fallait que je lui dise que je pensais à lui tout le temps. Il fallait qu'il sache que mon père ne me manquait plus. Je voulais lui annoncer que j'étais guérie de mon chagrin.

Les cercles qui symbolisaient nos vies séparées ressemblaient maintenant à des yeux et notre univers commun, à un nez.

J'étais assise à mon bureau, un visage me regardait. Le visage d'un personnage que j'avais créé.

Romance, dans la chemise qui contient les lettres, prend la deuxième en partant de la fin et lit à voix haute :

*Monsieur,*

*J'espérais vous voir à l'hôpital. On m'a dit que vous n'étiez pas là. Je vais bien. Je suis même peut-être complètement guérie.*

*Je ne sais pas si j'en ai le droit mais je pense à vous.*

*Je nous ai inventé un espace qui n'appartient qu'à nous, à la croisée de deux cercles. Vous avez sûrement des enfants. Moi, j'ai bien des parents.*

*Je voudrais vous revoir en dehors de l'hôpital. On pourrait aller goûter au Trocadéro.*

*Jeanne*

Je l'écoute, tétanisée.

— Tu as l'air surprise ! me lance Romance.

— Oui, la naïveté de ces mots me bouleverse. La franchise dont tu fais preuve, la proposition que tu oses lui faire. Il a pu m'arriver d'être audacieuse, mais je ne me souviens pas avoir jamais fait preuve d'autant de sincérité.

Romance sourit.

Au dos de l'enveloppe, j'ai inscrit mon nom et mon adresse. Il pouvait me répondre. Je suis allée demander un timbre à ma mère, j'ai affranchi l'enveloppe.

Et je l'ai rangée dans le tiroir de mon bureau. Elle n'en est jamais sortie.

— Que veux-tu comme cadeau pour ton anniversaire ? m'a demandé ma mère.

J'avais onze ans.

Je veux revoir Victor. Je veux qu'on m'opère encore. Je veux jouer aux cartes avec Nordine. Finalement, elle a organisé un goûter et ma grand-mère a même engagé pour l'occasion des clowns très drôles. L'avantage d'être née fin mai, c'est qu'il fait toujours beau.

Cette fois-ci, il pleuvait.

Nordine est rentré en Algérie. Il m'a envoyé une carte postale sur laquelle il a dessiné une flèche pour m'indiquer le quartier où il habitait et que bientôt je connaîtrais.

Les grandes vacances sont arrivées. Je n'ai pas revu Victor. Je passais en sixième, je quittais l'école primaire, celle où mon père venait me chercher.

Sur mon bulletin cette année-là, le directeur de l'école a écrit : « Jeanne est une petite fille courageuse. »

Je savais moi, que si j'avais été si courageuse, je n'aurais pas eu besoin d'emménager dans cette maison blanche, pas eu besoin de mes cercles, ni de me souvenir de la voix de Victor quand le soir, à l'hôpital, il me souhaitait bonne nuit, quand le matin, il venait s'assurer que j'avais bien dormi.

Je ne l'avais pas revu depuis des mois et mes réserves s'épuisaient, sa voix s'éloignait. La maison se fissurait, notre morceau de cercle n'était plus qu'un morceau de cercle. Et moi, j'étouffais.

Alors j'ai eu l'idée.

— Maman, si on proposait à Victor de venir dîner avant les grandes vacances. Il m'a sauvé la vie quand même ! Tu serais d'accord ?

— Pourquoi pas ? Mais je ne suis pas certaine qu'il accepte. Les médecins n'aiment pas le mélange des genres. Mais je vais lui téléphoner et lui proposer, c'est une bonne idée après tout.

Romance a insisté, elle a répété : « Le mélange des genres. »

À l'époque, je n'ai pas compris cette expression mais je me souviens que mon quartier de cercle qui rétrécissait et dont l'exiguïté nouvelle menaçait de m'étouffer s'était brusquement élargi et me permettait de respirer à nouveau.

Elle s'est à nouveau dépliée, a fait quelques pas dans la pièce, a regardé les disques que j'avais apportés.

— Francis Lemarque ! C'est dingue, j'adorais l'une de ses chansons !

*Quand un soldat s'en va-t-en guerre, il a…*
*Des tas de chansons et des fleurs sous ses pas…*
*Quand un soldat revient de guerre il a…*
*Simplement eu d'la veine et puis voilà…*

Je constatais, amusée, que je n'avais rien oublié ni du texte ni de l'air dont petite fille, j'avais fait mon hymne.

Pour la première fois, depuis le début de notre conversation, je réalisais que non seulement je reconnaissais Romance mais surtout que je la connaissais depuis toujours. Je l'avais négligée.

J'avais méprisé ses rêves, collé ses fantômes dans un grenier, fait comme si j'étais née adulte.

— À la seule idée que Victor vienne dîner chez nous, je suis immédiatement sortie de notre portion de cercle pour retourner dans celle qui me symbolisait, moi seule. Et j'ai compris qu'il y avait peut-être de l'air dans cette réalité-là aussi.

Avant de continuer son récit et en disant ces mots, Romance a pris la chemise cartonnée sur ses genoux et m'a lu la troisième lettre.

*Monsieur,*

*Il paraît que vous allez peut-être venir dîner. Je vais ranger ma chambre. Si je connaissais la date, je commencerais à compter les heures et les minutes. Je ne ferais plus que ça, compter les heures et les minutes qui me séparent du moment où je vais vous retrouver.*

*Vous voir ici ? C'est mon souhait le plus cher. Si on me demandait de choisir entre le retour de mon père parmi les vivants et votre présence ici, chez moi, même le temps d'un dîner, c'est vous que je choisirais bien sûr.*

*Jeanne*

Parfois, je demandais à ma grand-mère d'aller m'acheter des timbres de collection à la poste. Les lettres destinées à Victor méritaient d'être affranchies avec le plus grand soin.

Cette lettre, ornée d'un timbre précieux qui représentait une arène vide, a rejoint ses semblables dans le tiroir-tombeau.

— Victor et sa femme viennent dîner à la maison le 5 juillet, m'a annoncé ma mère d'une voix neutre.

Avec sa femme ? Victor a une femme. Dans notre figure géométrique, nous étions deux et je ne l'enlevais à personne. J'avais fait de Victor un personnage sans passé et sans attaches. Même les personnages de fiction ont droit à des souvenirs, lui n'avait droit qu'à moi. Il n'existait qu'à mes yeux seulement, et s'animait comme s'éveille un hologramme, quand lumière et regard s'entendent.

Victor avait donc une existence indépendante de ce que je faisais de lui ?

J'ai déployé une énergie colossale pour ne pas laisser éclater ma joie, une drôle de joie d'ailleurs, qui ressemblait comme une sœur jumelle à celle qui justement m'avait quittée quand mon père était mort.

J'annonçais à ma mère que je dînerais avec les adultes.

— Ah bon ? Comme tu veux. En général tu préfères rester dans ta chambre.

Nous n'étions que le 20 juin. Mais je reprenais vie. Le nœud coulant du cercle qui nous était imparti s'élargissait de nouveau. La façade de la maison était comme neuve. La porte me semblait d'ailleurs moins lourde.

Et puis le jour est arrivé.

Ma chambre était parfaitement rangée, j'espérais qu'il viendrait la voir.

L'interphone a sonné, je me suis précipitée.

Mais ce n'était pas lui. Ma mère avait convié d'autres amis, des amis qu'il avait croisés à l'hôpital quand ils venaient me rendre visite.

L'interphone à nouveau, puis une nouvelle fois. En comptant le nombre de couverts à table et les convives déjà présents, c'était forcément lui.

J'ai ouvert en appuyant longtemps sur le bouton. Une sorte de signal morse qui sans ponctuation signifiait : enfin comme c'était long la vie sans vous je vous ai tellement espéré je ne pense qu'à vous.

Ma mère a ouvert une bouteille de champagne. Les verres des invités étaient déjà vides. Et moi, j'attendais que s'ouvre l'ascenseur.

— Bonsoir Jeanne, je te présente Cécile.

— Victor m'a beaucoup parlé de toi. Je suis heureuse de te rencontrer enfin.

J'ai salué poliment Cécile. Je l'ai trouvée blonde et fade. Je n'aimais ni sa voix ni son sourire. Et j'ai détesté d'emblée la façon dont elle me regardait.

Le dîner a été joyeux. Ma mère avait le don des rencontres. Elle était une entremetteuse de l'amitié.

Sans être bavard, il parlait volontiers de sa grande passion, le violoncelle. Il écoutait, acquiesçait, racontait. Les mots qu'il prononçait n'avaient aucune importance. Il aurait pu adorer l'accordéon, être passionné d'architecture ou d'archéologie, seule comptait sa voix, grave, chaude, réconfortante. Plus tard, demain, je démonterais ses mots pour en inventer d'autres.

Il était tard. Je faisais des efforts pour suivre les conversations, je ne le quittais pas des yeux. Comme quand il venait me voir à l'hôpital, je faisais des provisions de lui.

— Tu ne devrais pas aller te coucher, Jeanne ? m'a demandé Victor. Il est tard.

J'ai obtempéré bien sûr. Je me suis levée, j'ai embrassé tout le monde. Cette phrase, banale, je me la réciterais tous les soirs pendant des années. Elle serait un bouclier contre le malheur.

— Tu me montres ta chambre ?

Je me suis allongée sur mon lit, il s'est assis dans le fauteuil de mon bureau.

Moi étendue, lui assis, une configuration que je connaissais bien. Nous avons immédiatement retrouvé notre complicité.

— Elle est drôlement jolie ta chambre. Je ne savais pas que tu aimais Jean Marais ! On se revoit à la rentrée. Je suis certain que tu vas passer de bonnes vacances. Maintenant dors bien.

Il a effleuré mon front, a caressé mes cheveux. J'ai failli retenir sa main.

Il a refermé la porte en prenant soin de ne pas faire de bruit, comme si je dormais déjà.

Le silence de ma chambre après lui était doux. Il s'opposait au silence violent et dur qui y régnait depuis la mort de mon père.

Gavée de cette soirée et de ces gestes tendres, au-dessus de mon lit, notre portion de cercle s'était élargie, comme un estomac repu.

Mon téléphone a émis un son qui indiquait que j'avais reçu un message.

— C'est sûrement mon fils, Simon.

— Tu as un fils ?

— Oui ! Tu le rencontreras un jour.

Romance a souri, incrédule. Dans ce sourire, j'ai lu la maladie de ma mère, sa folie aussi, qui terrassait quiconque se mettait entre sa douleur et ses espoirs de guérison.

Le son n'était porteur d'aucun message. D'ailleurs, dans cette maison, il n'y avait pas de réseau. J'étais condamnée à me satisfaire de la seule présence de Romance.

— Tu as dû être heureuse de cette soirée ?

— Oui, mais je n'avais pas pensé aux grandes vacances. Deux mois de séparation, il a fallu que je me souvienne précisément de ses gestes, de sa voix, de sa longue silhouette, du col de sa blouse blanche, relevé. Évidemment, je lui ai écrit.

Romance m'a tendu une carte postale écornée.

*Monsieur,*

*Je suis au bord de la mer du Nord avec ma grand-mère. Il fait beau. J'ai hâte de rentrer à Paris pour vous retrouver. J'espère que vous reviendrez dîner à la maison. J'ai aimé votre main sur mon front. Parfois, je la sens encore. Elle me tient chaud. Je ne suis jamais triste. Ma grand-mère dit que ce n'est pas normal que mon père ne me manque pas. Moi, je ne regrette pas de l'avoir oublié. Je n'ai même pas eu à me forcer. Je sais que nous avons rendez-vous au mois de septembre à l'hôpital. Je ne vis que pour ce moment.*

*Jeanne*

Ces mots serrés les uns contre les autres, je les ai couchés sur une carte postale. D'un côté une réserve d'oiseaux, de l'autre cet amour dont je ne savais que faire. Je ne comprenais pas qu'il n'était que la conséquence d'un immense chagrin. Plus j'évinçais l'un, plus je faisais de la place à l'autre.

J'avais soigneusement mis la carte postale dans une enveloppe que j'avais rangée dans ma valise.

Je suis rentrée au collège, heureuse. J'étais une petite fille comme les autres. Mon père n'était pas mort, il vivait ailleurs, avec moi dans cette maison blanche située entre deux cercles.

Ma mère était rassurée de constater que je n'étais pas traumatisée.

J'ai revu Victor, après deux mois de silence.

— Comme tu as grandi, Jeanne. Une vraie jeune fille !

Il ne m'a pas examinée, a consulté mes derniers bilans sanguins d'un air satisfait.

— J'espère que tes résultats scolaires seront aussi bons ! Je te laisse tranquille. On se verra juste avant Noël. S'il y a quoi que ce soit, ta maman a mon numéro de téléphone personnel.

Je suis allée retrouver ma mère qui m'attendait dans le couloir.

— Ça va, ma chérie ? Tu es toute pâle.

Lui écrire plus encore. Lui écrire tous les jours.

C'est à ce moment-là que j'ai perdu pied.

Ma réalité d'adolescente est devenue accessoire pour laisser toute la place à ma vie fantasmée.

J'allais me servir de ma mère pour trouver un moyen de le voir, de l'entendre, de lui parler.

Un samedi soir, un soir de manque, j'ai inventé une douleur en bas du dos. Une douleur insupportable.

— Maman ! J'ai très mal au rein.

Je n'avais pas de fièvre. Il n'y avait pas de raison de s'inquiéter. Victor l'avait souvent répété :

— Surveillez la fièvre.

Je me tordais de douleur. Je pleurais, je finissais par y croire.

— Appelle Victor !

— Enfin Jeanne, on ne va pas le déranger pour ça, tu n'as pas de fièvre.

Ma grand-mère a insisté.

— Hélène ! Il vaut mieux le déranger pour rien, tu ne crois pas ?

Ma mère a fini par céder. Elle l'a appelé. J'étais à côté du téléphone, grâce à l'écouteur, je l'ai entendue, elle, la voix tant espérée.

Il a voulu me parler, pour que je lui décrive l'endroit où j'avais si mal.

— Bonsoir Jeanne, alors où as-tu mal exactement ?

— Je ne sais pas. Un peu partout. Au ventre, dans le dos.

— Repasse-moi ta maman. Il serait plus prudent d'aller à l'hôpital.

— Vous y serez ?

— Non, mais tu seras examinée par un médecin de mon service.

— Je n'ai plus mal.

— Comment ça, tu n'as plus mal ?

Ma mère me regardait, stupéfaite.

— Non, et je n'ai jamais eu mal. C'est vous que je veux voir. J'ai besoin de vous.

Ma mère a repris le téléphone, je suis partie dans ma chambre, désespérée.

Au silence consterné de Victor, j'ai compris que les fondations de notre maison n'étaient pas si solides.

Ma mère s'est assise sur mon lit.

— Tu sais, Jeanne, je crois que ce serait bien que tu ailles voir quelqu'un pour parler.

— Parler de quoi ? Je n'ai rien à dire.

— Je crois moi, au contraire, que tu as beaucoup de choses à dire.

— Je ne veux parler qu'à Victor.

Ma mère a été convoquée au collège, souvent.

— Jeanne ne fait rien. Jeanne est là sans être là. Jeanne ne fait pas ses devoirs, n'apprend pas ses leçons. Vous devriez peut-être l'emmener chez un psychologue.

Ma mère est rentrée un soir, préoccupée et sombre.

— C'est monstrueux d'élever un enfant, seule. Tu pourrais au moins m'aider, ne pas ajouter du malheur à ma douleur.

— Elle avait raison. C'est sûrement difficile d'élever un enfant, seule. Je suis séparée du père de Simon mais nous vivons sur le même palier. Les décisions, nous les avons toujours prises à deux.

— Il en a de la chance, Simon.

— Disons qu'il a fait contre mauvaise fortune bon cœur !

Romance a souri. Elle m'a demandé si j'avais une photo de mon fils.

J'ai fouillé dans mon sac. J'avais une photo de lui petit. Il avait un visage rond, de grands yeux et un sourire momentanément édenté.

— J'ai hâte de le rencontrer !

Et sur un ton moins léger, Romance a poursuivi son récit.

Maman a pris rendez-vous avec Victor, sans moi. J'ai eu l'impression d'être trahie.

Quand elle est revenue, elle m'a annoncé qu'elle avait l'adresse d'un médecin qui m'écouterait, à qui je pourrais tout dire de ce chagrin dont j'avais toujours nié l'intensité.

J'ai immédiatement écrit à Victor. C'est cette lettre-là. Tu remarqueras qu'il s'agit d'une photocopie.

— C'est vrai, pourquoi ?

— Parce que celle-ci, je l'ai envoyée, a précisé Romance.

*Monsieur,*

*Je ne veux parler qu'à vous. Je vous dirai tout. Recevez-moi.*

*Jeanne*

Quelques jours plus tard, le téléphone sonnait.

— Jeanne ! C'est pour toi.

Victor au bout du fil me parlait. C'était sa voix. Une voix dont j'avais l'impression qu'elle avait traversé des mondes, des galaxies, une voix d'étoile qui s'était faite homme, une voix qui avait bravé Cerbère et traversé le Styx. Ma passion pour Jean Marais m'avait fait découvrir l'*Orphée* de Cocteau. Je fermais les yeux et me glissais dans un miroir pour atteindre l'autre monde.

On pouvait donc revenir de cet endroit-là ? Dans la voix de Victor, Orphée et Eurydice s'étreignaient, bravant sans conséquence l'interdiction de se regarder.

Dans la voix de Victor, le miracle s'était produit.

— Ça te dirait un goûter au Trocadéro samedi, tous les deux ?

Nous nous sommes retrouvés, quelques jours plus tard, en fin d'après-midi, dans un salon de thé. J'oubliai, à l'instant même, manque et stratagèmes. Je ne l'avais pas vu depuis plusieurs mois, mais j'avais apprivoisé mon souffle. À l'âge où l'on commence à se familiariser avec les rudiments de la séduction, j'apprenais l'apnée.

— Comment vas-tu, Jeanne ?

Il ne s'adressait pas à la petite fille que d'ailleurs je n'étais plus. Il me regardait autrement. Il n'était plus médecin.

— Je vous aime. Je ne veux plus vivre sans vous. Vous me manquez tout le temps.

Il n'a pas levé les yeux de sa tasse de thé. Il a écouté ma déclaration d'amour sans m'interrompre et sans me regarder.

J'étais soulagée. Cet amour-là était bien trop lourd à porter dans mon sac à dos de collégienne. Je ne savais pas bien de quoi ou de qui il était constitué, mais il me dépassait.

— Ce n'est pas moi que tu aimes, Jeanne. C'est ton père qui te manque. Je voudrais que tu ailles en parler avec un médecin qui pourrait t'aider à surmonter ce grand chagrin.

J'ai continué à lui sourire. J'avais entendu mais je n'avais pas compris. Ou peut-être avais-je compris et pas entendu.

Et puis on a parlé d'autre chose.

De son chien, du mien, de son île de Méditerranée.

— Tu veux un autre macaron ?

— Non merci. Je veux vivre avec vous.

Victor a baissé les yeux.

— Tu confonds tout, Jeanne.

Je ne saisissais pas ce qui se jouait là. Je ne me doutais surtout pas que mon adolescence naissante allait être massacrée. Un massacre au ralenti, une lenteur qui permet à chaque geste d'être unique et non relié au précédent ni au suivant. Une lenteur qui isole.

— Viens, on va dans le salon !

Légère et insouciante, Romance m'a prise par la main pour que je me lève.

— Allez ! Je te fais visiter.

Je n'ai pas osé lui dire que j'avais déjà fait le tour du propriétaire, par effraction, seule, poussant les portes, soulevant les housses, constatant au fil des jours la réhabilitation des lieux.

Elle est descendue devant moi et comme deux gamines nous courions dans l'escalier.

Nous sommes passées par la cuisine, la boîte de chocolats était sérieusement entamée. J'étais impressionnée par l'imposant et majestueux fauteuil.

— C'est la place de ton père ?

— Oui, en quelque sorte, appelle-le comme ça si tu veux ! m'a répondu Romance.

Elle a poussé la double porte du salon, qui donnait sur la salle à manger.

J'ai été surprise de constater que tous les fauteuils avaient été rendus à eux-mêmes. Les draps pour les protéger du temps ou du soleil avaient été retirés. Des livres d'art étaient posés sur la table basse en marqueterie de marbre qui paraissait neuve. Je n'ai pas osé m'attarder. J'aurais voulu m'asseoir et les feuilleter. Je reconnaissais rapidement un album de Sempé consacré aux musiciens, le catalogue raisonné d'un peintre contemporain dont ma mère possédait plusieurs toiles. Un bouquet de pivoines était disposé dans un joli vase. Et au mur, tous les tableaux qui avaient été enlevés avaient retrouvé leur place. Sur un guéridon recouvert de velours, quelques photos dans des cadres d'argent et un flacon contenant du sable. Les rideaux vert émeraude illuminaient la pièce.

— C'est toi, là ? Tu sembles plus âgée qu'aujourd'hui.

Romance a souri.

— Tu trouves ?

Dans la salle à manger, je remarque une grande aquarelle représentant un paysage de campagne. Des vaches paissent sur fond de coucher de soleil. Au premier plan, une rivière.

Cette maison, délabrée et délaissée avant que Romance ne commence son récit, donnait aujourd'hui l'impression d'être habitée par une famille. Flottait un air de bonheur.

Je ne cherchais pas à comprendre. Rien ne m'étonnait. Pour la première fois depuis quarante ans, j'étais là où je devais être.

Nous avons refait un détour par la cuisine, les cuivres accrochés au mur avaient repris leur couleur, le soleil s'y reflétait.

Et puis on est remontées, je regardais discrètement les photos accrochées dans l'escalier. J'aurais juré qu'hier, elles n'y étaient pas.

— Là, c'est toi petite !

— Oui, a répondu Romance. Et pointant du doigt un portrait en noir et blanc : ici c'est toi.

J'ai repris ma place, calée contre les coussins du canapé, Romance s'est assise en tailleur. Elle avait changé. Elle avait peut-être un peu grossi, ses cheveux étaient plus courts. Elle n'avait apparemment plus rien de l'enfant fragile que j'avais rencontrée quelques jours auparavant.

Elle a repris son récit, ne s'interrompant que pour gober des tout petits bonbons à la réglisse, rouge, vert, bleu ou blanc.

Romance grandissait à mesure que me revenait la mémoire.

À la fin de l'histoire, nous aurons peut-être enfin le même âge.

Je comprendrais bientôt que cette maison blanche délabrée il y a encore quelques jours retrouvait sa splendeur à mesure que je recouvrais la mémoire.

Dans ce salon de thé, Victor m'a expliqué que l'amour fou que je lui vouais ne s'adressait pas à lui mais à mon père, mort d'une mort violente, il m'a demandé comme on supplie, d'aller parler à un professionnel de la souffrance.

J'ai refusé. Refusé encore.

— Ce n'est pas la peine. Je n'ai pas besoin qu'on m'aide à comprendre. J'ai compris. Ne vous inquiétez pas. J'ai bien compris. Ce n'est pas vous que j'aime mais lui que je n'ai pas cessé d'attendre.

Victor a paru soulagé, heureux, si j'osais. Alors qu'il reprenait un macaron, moi je faisais le serment que jamais, jamais plus, je ne sortirais de ma portion de cercle. Au diable les confrontations avec la réalité. Je m'arrangerais.

Ce jour-là, il m'a raccompagnée chez moi en voiture. J'étais silencieuse, encombrée de mon aveu et de mon engagement à ne plus déroger à la règle stricte que je m'étais fixée : n'adorer que lui, ne plus jamais le lui dire, garder pour moi cet amour et la détresse dont il était fait, réfuter les tentatives d'interprétation de ma mère et de tous ceux qui se pencheraient sur mon cas.

À cet instant, Victor me parlait d'un livre qu'il avait aimé et qu'il m'offrirait. J'étais assise à côté de lui, je regardais ses mains sur le volant. En rêve, parfois je les étreignais. En rêve de plus en plus souvent, elles s'aventuraient, libres et affranchies.

Il m'a déposée devant mon immeuble et m'a embrassée sur les cheveux.

L'année scolaire est passée, lentement, au rythme des lettres que je ne lui envoyais pas. Spectatrice, j'assistais aux premiers émois de mes amis, filles et garçons. Sans les mépriser mais les ayant devancés dans l'émotion amoureuse, je me trouvais plus mûre. J'étais celle qui savait lire mais qui devait faire semblant de déchiffrer pour ne pas être complètement isolée. Je passais des heures devant ma portion de cercle. Je ne savais pas que je me perdais.

Après la révélation de mes sentiments, rassuré surtout par ma lucidité de pacotille, Victor a espacé nos rencontres. Mais cela n'avait pas d'importance. Je n'avais presque plus besoin de sa présence physique.

Je me consacrais à lui, uniquement à lui. Je n'avais qu'une devise : le servir et l'aimer, l'aimer et le servir. J'avais édifié un autel dans ma chambre, constitué du stylo-plume qu'il m'avait offert pour mes treize ans, d'un gant en cuir doublé que je lui avais subtilisé dans la poche de son pardessus lors d'un dîner chez moi, et du ticket du film *E.T.* qu'il m'avait emmenée voir un samedi après-midi. Je me recueillais là, oubliant le reste.

À quinze ans, j'étais amoureuse d'un homme qui avait quatre fois mon âge. Je vivais cette passion comme on entre en religion, se défaisant de soi pour épouser l'autre.

Un jour, alors que je marchais dans mon quartier, qui n'était pas très éloigné du sien, j'ai reconnu la plaque d'immatriculation de sa voiture. Il se garait, n'était pas seul. Un jeune homme était avec lui. Mêmes silhouettes longilignes, fronts hauts, la ressemblance était frappante.

Son fils, sans doute. Je les ai suivis de loin, passagère clandestine d'une promenade à laquelle je n'étais pas conviée. Puis, volontairement, je les ai perdus de vue pour mieux nous imaginer. Je n'ai pas eu beaucoup d'efforts à faire pour m'inventer entre eux, complice avec le fils, mais tenant la main du père.

Alors que j'abordais l'âge des premières aventures, mes amies Alix et Virginie avaient allégrement franchi le pas supposé faire de vous une femme, moi, je n'avais ni désir, ni besoin. Mon corps m'encombrait. Peu gracieux, lourd et inutile, je le désertais au profit de mon imagination, elle-même asservie à ma passion.

Ce corps, que j'aurais volontiers échangé contre n'importe quelle autre enveloppe, prenait des forces.

— Je sais ce que tu vas dire !

— Laisse-moi le formuler, m'a suppliée Romance. Il est temps, tu ne crois pas ?

— Il est temps de quoi ? De me souvenir qu'il a été mon premier amant ?

Romance a rougi, déplié ses jambes, arrangé son pull qui cachait les rondeurs qu'elle n'assumait plus, replié ses jambes.

— Pas exactement !

— Le premier qui compte est celui dont on rêve. Les suivants ne sont que sa réplique.

— Tu te souviens alors qu'à la faveur d'un rêve qui mettait en scène un homme qui avait de Victor la voix mais dont je ne voyais pas le visage, j'ai été réveillée par une sensation violente, douce, sourde et inédite. Nous avions fait l'amour en songe.

En disant ces mots, Romance a déplié une lettre et me l'a lue à haute voix.

*Monsieur,*

*Cette nuit, vous m'avez fait jouir. Vous avez été le premier à pénétrer mon intimité. J'entends votre voix grave me caresser. Je suis heureuse.*

*Jeanne*

— Cette lettre non plus, tu ne l'as pas envoyée ?

— Non, rappelle-toi, tu l'as pliée et tu l'as mise dans le gant subtilisé à Victor.

Le lendemain, en me regardant dans le miroir de la salle de bains de mon père, devenue mienne à sa mort, j'ai vu une femme. L'adolescente avait disparu.

Souvent, nous faisions l'amour. Il ne l'a jamais su.

Quand je résistais à une injonction, quand je décevais ; quand mes résultats scolaires étaient encore plus mauvais que le trimestre précédent, quand les professeurs se plaignaient de mon désintérêt pour leur matière, quand je grossissais inexorablement, quand je restais de longs moments prostrée dans ma chambre, quand je lisais trop, quand je ne lisais pas assez, quand je passais des heures au téléphone avec mes copains, quand je n'avais plus de copains, au sujet de tout et n'importe quoi, ma mère soupirait.

Victor était devenu, au fil des années, non pas un intime de la famille, mais un accessoire de ma mère. Elle l'utilisait comme on se sert d'un tamis ou d'une roue de secours.

— Que va penser Victor quand je vais lui raconter ?

Une technique qui, maintenant en vie un fantasme, érigeait sur des sables mouvants les fondations bancales d'une féminité confuse. Évidemment, elle ne racontait jamais rien à Victor. Jamais elle n'aurait osé le déranger.

Moi, j'ai continué à habiter ma portion de cercle sur laquelle j'avais construit cette belle maison blanche, que j'avais décorée avec soin. Ici, le salon, spacieux, aux rideaux vert émeraude, là, la salle à manger où j'avais même accroché cette grande et bucolique aquarelle.

Au premier étage, la chambre de Victor, vaste et claire, au second, accessible par un petit escalier en colimaçon, celui-ci, mes appartements.

J'avais réussi à faire semblant non pas d'oublier Victor, je n'aurais pas été crédible, mais de le remettre à sa place de médecin, d'ami lointain mais attentif.

Victor quant à lui avait relâché sa vigilance. Il ne craignait plus cette obsession dont quelques années plus tôt je lui avais fait part avec ma naïveté d'enfant.

Nous avions tissé un lien amical, social, cordial.

Il était dupe. Nous allions au cinéma, nous allions déjeuner, nous promener. Il m'invitait parfois à dîner chez lui, sa femme me tolérait.

J'affichais même une certaine désinvolture quand nous nous retrouvions.

Mais je grossissais.

Romance, au fur et à mesure de notre conversation, changeait, comme si le temps s'était libéré du joug qui le retenait prisonnier, comme si les heures et les années piétinaient le présent.

La jolie petite fille menue avait disparu. Bienvenue à l'adolescente aussi ronde qu'ingrate.

Je ne m'expliquais pas ce prodige.

— J'ai commencé à grossir, a-t-elle répondu à la question que je n'avais pas formulée, quand j'ai dû garder pour moi cet amour fou, quand j'ai cessé d'en faire état, de le porter en étendard. Mon corps difforme redevenait léger quand je me faufilais dans ma portion de cercle.

— En somme, tu t'absentais de plus en plus souvent.

— Justement, regarde la lettre qui est presque au-dessus de la pile, l'une des dernières que je lui ai écrites.

J'ai repris la chemise, dont j'avais aussi l'impression que les coins avaient jauni.

— Relis-la, m'a ordonné Romance.

*Victor,*

*Dans quelques mois, je passerai mon bac. Notre histoire a sept ans, l'âge de raison. Sept ans que je lis avec vos yeux, que j'écoute vos silences, que je me caresse avec vos mains. Je veux que vous soyez le premier. Vous qui êtes en moi depuis si longtemps, je veux maintenant vous appartenir. Je veux être votre enfant-femme.*

*Je vous aime et vous consacrerai ma vie,*

*Jeanne*

— Je n'avais pas besoin de la relire, cette lettre. Je la porte. Cet aveu, cette promesse faits à moi-même m'ont modelée. Voilà vingt ans que je me planque derrière un judas. C'est donc à lui que j'ai été fidèle en m'oubliant.

Romance a fondu en larmes.

Je me suis levée, me suis approchée de son fauteuil pour la prendre dans mes bras.

— Pourquoi tu pleures ?

— Tu ne te souviens pas ?

— De quoi ?

— Du jour où Victor t'a dit pour Nordine.

Victor m'a appelée un matin pour que nous nous retrouvions place du Trocadéro. Nous avions nos habitudes dans un salon de thé. J'arrivais systématiquement en retard parce que j'aimais au-delà de tout me savoir attendue par lui. Je savais pourtant que ce n'était qu'une illusion, mais je vivais d'illusions, enfermée dans ma portion de cercle aux allures de palais.

Il était sombre. Il m'a souri, m'a embrassée sur les cheveux comme il le faisait depuis des années.

— Tu te souviens de Nordine ?

— Oui, bien sûr. On s'écrit tous les ans pour la nouvelle année. Un jour j'irai le voir. Et si on y allait ensemble ? À la bataille, je me souviens que c'est lui qui déterminait la valeur des cartes. Moi, je m'adaptais. Ma mère lui avait offert des casquettes de toutes les couleurs pour cacher son crâne chauve. Ça lui donnait un air d'enfant américain.

— Sa leucémie a récidivé. Il avait dix-sept ans.

Je n'ai pas pleuré parce que moi, je ne pleure jamais. Moi, je grossis. Mon poids, c'est la somme de toutes les larmes que je ne verse pas.

— J'en ai vu mourir des gosses, j'en ai sauvé aussi. Je ne peux plus. Je n'en peux plus.

Il a mis ses mains devant son visage. Je crois qu'il pleurait.

Invincible héros ressuscité dans un évangile écrit par moi seule, apôtre d'une religion qui, si elle ne comptait qu'un Dieu unique, n'avait qu'une seule fidèle, Victor flanchait.

L'amour que j'avais pour lui avait mué au fil des années. Il avait désormais la voix grave de l'obsession. Il aurait fallu creuser très loin sous le terreau de cette maladie qui ne répondait à aucun traitement terrestre, du moins le croyais-je, pour retrouver le parfum de l'amour originel, celui de mon père.

Oui mais Victor flanchait. Or Dieu ne plie pas, Dieu ne pleure pas, Dieu n'a d'humain que l'apparence. Dieu épouse qui veut de lui. Et à cet instant, je ne voulais plus être ni la fille ni la femme de mon élu.

Victor n'a pas pris la peine de cacher ses larmes. Elles roulaient, misérables, sur ses joues mal rasées.

Seul geste de compassion dont j'ai été capable, j'ai versé ce qui restait de thé dans sa tasse.

Il a essayé de parler, mais sa voix d'ordinaire si grave, si chaude, si feutrée quand elle se voulait envoûtante, était fluette, aiguë si j'osais. Les sanglots avaient pris le pas sur le timbre de cette voix, une voix dont, rappelle-toi, je faisais des provisions pour survivre.

Il m'a raccompagnée en voiture chez moi, silencieux.

Il s'est garé.

— Tu veux que je monte avec toi ? Ça va aller ?

— Non merci. Oui, ça va.

J'ai fermé la porte de la voiture, cette même voiture que je filais dans le quartier. Je suis rentrée dans l'immeuble, sans me retourner.

Dans le tiroir de mon bureau, des cartes postales colorées s'entassaient.

À chacune, j'avais répondu. La dernière datait de quelques mois et disait…

Romance a pris la première carte postale.

Elle me l'a tendue et j'ai lu.

*Jeanne, ma petite sœur,*

*J'ai tout organisé. Tu atterris à Oran, et avec mon père, on vient vous chercher. Mes parents laisseront leur chambre à ta mère, ils iront dormir chez mon oncle qui habite la maison mitoyenne. Toi et moi on dort ensemble mais tu prendras mon lit. Je dormirai sur un matelas, ça ira très bien. On pourra jouer aux cartes, aux dés, à tout ce que tu voudras. Je sais que tu n'aimes pas perdre, mais avec moi, c'est compliqué de gagner !*

*Mon père va appeler ta mère. J'ai tellement envie de te revoir.*

*Ton grand frère,*

*Nordine*

— Tu te souviens que le tiroir de droite était celui de la réalité, des cartes postales reçues, des invitations aux anniversaires des copains ? m'a demandé Romance.

— Oui, et dans celui de gauche, s'entassaient les preuves de ma dérive, les aveux de ma déviance.

J'avais répondu au mot de Nordine et ma mère avait même ajouté quelques lignes. Je me souviens de cette dernière carte postale.

J'ai voulu serrer Romance dans mes bras, mais elle m'échappait. Son corps se dérobait à mon étreinte. Elle était pourtant toujours là, dans la pièce.

— Romance ? Tu m'entends ?

— Bien sûr ! Mais l'important c'est que toi tu m'aies écoutée raconter ton histoire.

— Où es-tu Romance ? Où sommes-nous ?

— Nous sommes dans notre portion de cercle.

Ce jour-là, après avoir quitté Victor je suis rentrée chez moi et tout était différent. Je découvrais ma chambre, le salon, la vue même de l'appartement. Privés des siens, mes yeux n'étaient plus que mes yeux. J'étais enfin orpheline à moitié, me restait tout de même l'ombre de ma mère qui balançait entre ses métastases et un alcoolisme mondain.

Victor était mort avec Nordine.

Ma portion de cercle avait explosé avec la légèreté d'une bulle de savon. Victor était faillible. Mon monde s'écroulait et paradoxalement tout reprenait sa place.

J'aurais voulu faire le chemin à rebours pour comprendre ce qui m'était arrivé. Ce jour-là, enfin, j'ai laissé venir mes larmes.

Sept ans après sa mort, j'avais perdu mon père.

J'ai rangé les lettres que j'écrivais depuis des années dans une pochette, celle-ci. J'ai déchiré mes cercles, méthodiquement, sans colère, d'abord en deux, puis en quatre, puis en huit.

À leur place, et en attendant, j'ai épinglé au mur des photos de Jean Marais.

Et puis, je me suis regardée dans le miroir de ma salle de bains. Il a fallu que je me réapprenne, comme après un coma.

Le mien avait duré sept ans.

— Je lui ai pourtant écrit une dernière lettre. Celle-ci tu ne la trouveras pas dans le dossier. Je la lui ai envoyée, affranchie d'un timbre simple. En la glissant dans la boîte aux lettres en bas de chez moi, entre le kiosque et la pharmacie, à deux pas du métro, c'est aux sept ans de ma jeune vie sacrifiée que je faisais une toilette mortuaire. J'aurais voulu que le croque-mort accentue ma bouche, souligne mes yeux, même clos, rosisse mes joues. C'est Jeanne l'envoûtée, à l'inhumation de laquelle je me préparais à assister.

— Que disait cette lettre ? Tu t'en souviens ?

— J'avais écrit un brouillon, le voici, m'a dit Romance en me tendant une feuille qui avait été chiffonnée et dont on voyait les nervures qu'avaient laissées les plis.

On aurait dit les lignes d'une main morte.

*Victor,*

*Un jour vous m'avez expliqué que l'amour que je vous portais se trompait de destinataire. Comment un sentiment aussi puissant que celui-ci pouvait-il n'être qu'un leurre ?*

*Vous aviez raison cependant et je comprends aujourd'hui que vous n'avez été qu'une illusion. J'ai été dupe, vous l'avez été aussi.*

*Feignant si ce n'est l'indifférence au moins un détachement dont l'objectif, atteint, était de vous rassurer, je vous ai aimé chaque jour plus que la veille.*

*Plus tard, quand j'aimerai pour de vrai, je ferai la différence entre amour et obsession. Pour l'instant, il est trop tôt.*

*Vous avez été dupe, disais-je, je crois plutôt, moi, que vous avez soulagé votre conscience en prenant et en tenant la posture de celui qui croit ce qu'on lui dit.*

*Vous m'avez observée comme pendant vos études de médecine vous disséquiez souris, grenouilles ou cadavres humains pour mieux comprendre leur fonctionnement. Sur votre paillasse, et sous votre microscope, mon amour pour vous, dénudé jusqu'à l'os, était livré en pâture à vos étudiants et à l'occasion d'un cours magistral, vous avez sans doute illustré le mécanisme du transfert en brandissant mon amour brûlant qui gisait sur le carrelage blanc. Pendant sept ans, j'ai été votre cobaye. Pendant sept ans, qu'on l'appelle transfert ou obsession, mon amour pour vous a été sincère, entier, sans relâche.*

*Je suis marquée au fer rouge. Il ne me reste plus, sous les cendres de ma féminité incinérée, qu'à apprendre à faire semblant.*

*Nordine est mort, vous l'avez pleuré.*

*Mais moi aussi, Jeanne, je suis morte il y a bien longtemps. Comment pouviez-vous l'ignorer ? En grossissant, c'est ce secret, comme un faux ventre de cinéma que je portais.*

*Nous nous croiserons sûrement au hasard d'une promenade.*

*Vous reconnaîtrai-je, maintenant que vous n'êtes plus que vous ?*

*Jeanne*

Ce brouillon raturé, chiffonné, déplié puis classé, je ne l'avais pas oublié.

J'avais maintenant du mal à distinguer les contours du visage de Romance.

Cette année-là, ou celle d'après, je ne sais plus très bien, je suis tombée amoureuse.

Un sentiment qui n'avait pas la saveur de l'obsession, mais avec lequel j'ai appris à me familiariser.

C'est mon corps et non mon âme qui était disponible.

Mon âme, Victor l'avait emportée, comme on met un peu de sable dans un flacon de verre pour prolonger ses vacances.

Ce flacon, peut-être l'avait-il rangé entre deux bibelots sur une étagère, ou peut-être même s'adonnait-il à une collection de flacons. Et si j'étais une parmi d'autres ? Et s'il induisait l'obsession chez ses jeunes patientes ?

Je n'ai jamais revu Victor. Ma mère ne s'est pas émue de mon détachement soudain, j'avais appris à être discrète, consciente que je vivais un amour soliloque, un amour posthume.

Si j'avais déchiré mes cercles, sur le mur où je les avais punaisés, restait une trace indélébile non du papier, mais de la forme, de la portion de cercle dans laquelle, le temps d'une adolescence en résistance à la réalité, j'avais vécu.

Un jour, beaucoup plus tard, Pierre et Simon étaient dans ma vie déjà, en parcourant le carnet du jour d'un quotidien, j'ai appris la mort de Victor.

C'est étrange d'apprendre la mort d'un mort.

À son enterrement, car j'y suis allée, le cercueil était vide. Il ne contenait que son corps.

— Romance ? Romance !

J'étais seule dans la pièce. À l'annonce de la mort de Victor, à l'évocation de son cercueil, Romance avait disparu.

Dans le salon déserté, je ne l'avais pas vue sortir, était-elle jamais entrée ? La raison de ma présence ici échappait désormais au lieu.

J'ai remis dans mon sac de voyage les quelques vêtements que j'avais emportés. J'ai laissé les livres et les disques.

Quelqu'un d'autre les lira, les écoutera. Quelqu'un qui aura rendez-vous avec son histoire. J'ai fermé la porte.

Légère, j'ai dévalé l'escalier en colimaçon, puis plus calmement, j'ai descendu le grand escalier. Alors qu'au fil du récit de Romance, la maison avait repris vie, elle était maintenant vide, intégralement vide. Plus de meubles ni de chaises, plus de tables ni de livres, plus d'appliques ni de lustres.

Victor n'était plus que lui-même, il n'endossait plus le costume de mon père, n'occupait plus la place du mort, ma portion de cercle n'était plus qu'une figure géométrique née de la rencontre de deux cercles.

Une ombre longue et fine m'attendait dans le vestibule.

— Tu en auras mis du temps !

— Victor ?

— Je suis si heureux de te revoir, Jeanne. Heureux surtout qu'enfin tu aies retrouvé Romance.

— Je vous ai tant aimé, Victor.

— Moi aussi, Jeanne, je t'ai aimée, trop ou trop peu. Nous voici réunis dans cette maison que tu as construite pour nous.

— Je vous ai désiré au point d'oublier de vivre.

— Tu avais habillé de mes costumes le corps sans vie de ton père. Tu étais encombrée de cet amour fou qui s'en était allé un matin de novembre. Un amour si lourd à porter pour une petite fille.

— En banalisant cette passion, vous avez condamné Romance à ne jamais grandir. Voyez-vous l'énergie qu'elle a déployée pour accepter de devenir celle que je suis ?

Je ne lui ai pas laissé le temps de répondre. En sortant de la maison, j'ai piétiné son ombre. Pas méchamment, comme jouent les enfants.

La porte était entrouverte, je me suis retrouvée dans la rue.

À l'extérieur, un homme attendait.

— Vous rendez l'appartement ?

— Qui êtes-vous ?

— L'agent immobilier qui vous a trouvé cet endroit.

J'ai réfléchi et me suis souvenue de cette adresse mail qui ne correspondait à aucune des agences que j'avais sollicitées.

Le temps que je réalise qu'Elira était l'anagramme d'Ariel, l'ange gardien, dont Lola-Liliane la voyante m'avait assuré la protection, il avait disparu. Je suis sortie de l'impasse des Érables, j'ai retrouvé mon quartier tel que je l'avais quitté avant d'emménager dans la maison de Romance.

Mon téléphone a sonné, la photo de Simon s'est affichée.

— Maman ?

— Oui, mon amour !

— T'es où ? Je t'attends pour le dîner.

— J'arrive.

Je suis rentrée, Simon avait mis la table. Le soleil se couchait sur l'angle de la bibliothèque mettant particulièrement en lumière une édition ancienne du *Tour d'écrou* d'Henry James que m'avait offerte Victor auquel j'acceptais maintenant de faire une place dans ce présent à l'avenir certain.

— Qu'est-ce que tu as fait aujourd'hui, maman ?

— Aujourd'hui ? J'ai rêvé !

On a dîné tous les deux, complices et heureux, puis Simon m'a embrassée et m'a annoncé qu'il allait se coucher.

J'ai mis un bout de scotch sur le judas ! Je me suis regardée dans le petit miroir ovale au-dessus du portemanteau.

J'y ai aperçu une femme apaisée dont je me suis dit que la vie allait enfin pouvoir commencer.

J'ai entendu des pas légers.

— Il y a quelqu'un ?

— Oui !

— C'est toi Romance ?

Elle feuilletait la nouvelle d'Henry James.

— C'est un cadeau de Victor, me suis-je crue obligée de préciser.

— Je sais ! Tu es contente d'être rentrée, d'avoir retrouvé ta vie ?

— Bien sûr. Je réalise qu'avant de te rencontrer, avant d'enfin parler de lui, de cette passion, de ma portion de cercle, je vivais dans un monde prisonnier d'une vision déformante et étriquée, la seule que permet un judas. Il aura fallu qu'en rêve tu m'attendes enfin dans cette maison.

Romance, assise par terre en tailleur, calée contre le canapé, souriait.

Je lui ai pris la main, l'ai tenue dans la mienne, longtemps.

— Cette fois, c'est moi qui t'accueille.

Ensemble et réconciliées, nous sommes allées veiller sur le sommeil de Simon.

Composition Maury-Imprimeur

Cet ouvrage a été imprimé par
CPI Firmin-Didot au Mesnil-sur-l'Estrée
pour le compte des Éditions Grasset
en avril 2022.

PAPIER À BASE DE
FIBRES CERTIFIÉES

*Grasset* s'engage pour
l'environnement en réduisant
l'empreinte carbone de ses livres.
Celle de cet exemplaire est de :
540 g éq. $CO_2$
Rendez-vous sur
www.grasset-durable.fr

N° d'édition : 22472 – N° d'impression : 169349
Dépôt légal : mai 2022
*Imprimé en France*